De Cock en een strop voor Bobby

A. C. Baantjer

De Cock
en een strop voor Bobby

Fontein Paperback

Een strop voor Bobby was de eerste roman van A. C. Baantjer. De eerste druk verscheen in 1964 als onderdeel van de misdaadtrilogie *Moord tussen de buien door,* een uitgave van De Arbeiderspers te Amsterdam.

Eerste druk 1978
Achtste druk 1990 (Fontein Pocket Special)
Negentiende druk 2000

ISBN 90 261 0614 9

Omslagontwerp: Studio Combo
Omslagfoto: Peter Coene

MIDDEN op de tafel stond een taart met zes kaarsjes. De vlammetjes flakkerden toen ik de taart naar de rand schoof.

Ik tilde mijn kleinzoon op.

'In één keer uitblazen,' zei ik.

Hij had er drie keer voor nodig. De visite klapte in de handen. Ik zette hem weer op de vloer.

Marjan kwam naar mij toe.

'Je moet Appie niet zo verwennen,' zei ze. 'Je hebt voor zijn verjaardag weer een veel te duur cadeau gekocht.'

Ik lachte.

'Hij is toch naar mij vernoemd.'

'Je weet, dat Geert het zo wilde,' zei ze lachend. 'Ik had het nooit gedaan.'

De kleine jongen was wat verderop op de schoot van een tante gekropen.

'Wat wil je later worden', zei ze, 'wanneer je groot bent?'

'Ik word resusseur,' kraaide hij. Hij kon het woord nog niet goed uitspreken.

Mijn blikken ontmoetten die van Geert. Ik zag een vage glimlach op zijn gezicht.

Hoe lang is het alweer geleden, dat wij beiden ontslag namen? Ik rekende het na. Het is nu al zeven jaar, dacht ik. Een hele tijd. Ik was toen achtenveertig.

Was het goed geweest? Heb ik toen juist gehandeld?

Die vraag had mij steeds bezig gehouden, al die jaren. Het liet mij niet los. Ik wil zekerheid, dacht ik. Ik moet het eens iemand vertellen. Een buitenstaander. Iemand met begrip. U, bij voorbeeld. Ja, u, die dit leest. U lijkt mij geschikt. Ik stel u aan als rechter over mij. Het is daarom zaak, dat u alles weet.

Mijn naam is Albert Versteegh. Zeven jaar geleden was ik nog rechercheur van politie. Met negen andere rechercheurs werkte ik in de oude binnenstad van Amsterdam, een stadsgedeelte, dat ressorteert onder het nogal roemruchte politiebureau aan de Warmoesstraat.

Ik beloof u alles te vertellen, naar waarheid. U zult het nodig hebben, wilt u een oordeel kunnen vellen. Ik vraag niet om clementie. Ik wil slechts begrip.

Het oordeel is aan u.

In de rumoerige, rommelige recherchekamer van het politiebureau Warmoesstraat rinkelde een van de zes telefoons. We waren allen druk bezig. Er waren mensen onder verhoor en schrijfmachines ratelden. Omdat er niemand het geluid van de telefoon scheen te horen, greep ik de hoorn. Het is zo'n routine-gebaar, haast ondoordacht uitgevoerd, maar met vaak ongekende gevolgen. Door de hoorn klonk een opgewonden mannenstem, die een verward verhaal deed over een jonge vrouw, die dood in een hotelkamer was gevonden. Ik zat onmiddellijk op het randje van mijn stoel en stelde haastig een serie vragen. Met wie sprak ik? Welk hotel? Wie was die vrouw?

Met haast onleesbare krabbels noteerde ik de verkregen antwoorden. Ik drukte de man op het hart ervoor te zorgen, dat aan de gevonden situatie niets werd veranderd en beloofde, dat wij zo spoedig mogelijk zouden komen.

Elk moment van de dag is een van ons de verantwoordelijke rechercheur. Dat is de man die de dienst heeft. Die rechercheur is verantwoordelijk voor alle zaken, waarvan gedurende zijn dienst voor het eerst een melding binnenkomt.

Op het moment, dat ik de telefoon aannam, werd de dienst waargenomen door Geert Dijke, een jong rechercheur, die nog maar kort aan het politiebureau Warmoesstraat was verbonden.

Ik greep mijn notities bij elkaar en liep naar zijn bureau. Hij was juist bezig met een agressief mannetje, dat uit woede een steen door een winkelruit had gegooid.

'Luister eens Geert,' zei ik, 'je moet dit zaakje maar zolang aan een ander overgeven. Er ligt een lijk in het hotelletje "De Ronde Stuiver".'

Ik zag hoe zijn gezicht betrok. Hij hield niet van lijken. Hij was nog te jong om een lijk alleen als een object te zien. Dat kon hij nog niet. Ik begreep het best. Men leert het ook pas na jaren recherche-praktijk.

'Ik ga wel even met je mee,' zei ik geruststellend.

Wij trokken onze jassen aan en gingen op pad.

In de gang kwamen wij de chef tegen. 'We gaan naar een lijk,' zei ik.

'Waar is het,' vroeg hij.

'In "De Ronde Stuiver".'

'Mooi,' zei de commissaris, 'als het wat bijzonders is, bel mij dan.'

Geert keek mij een beetje verwonderd aan.

'Hoorde je wat hij zei?'

'Ja,' zei ik, 'we moeten hem bellen als er wat bijzonders is.'

'Dat bedoel ik niet. Hij zei "mooi".'

Ik begon te lachen. Het was mij niet eens opgevallen. De commissaris zei altijd 'mooi', ongeacht of het nu een moord, een inbraak of een belediging was.

Het was een regenachtige novemberdag. Wij liepen door de smalle straatjes van de oude binnenstad, nagestaard door een paar publieke vrouwen, die huiverend in de deurpost van hun huisjes stonden. 'De Ronde Stuiver' was dichtbij.

Beneden in de hal stond de hotelhouder al op ons te wachten. Zijn dikke vrouw stond naast hem. De hotelhouder mompelde een groet en zijn vrouw zei: 'Het is Mientje.'

Ik kende de hotelhouder en zijn vrouw al jaren. Zij was vroeger een publieke vrouw geweest. Het geld, dat zij met ontucht had verdiend, hadden zij goed bij elkaar gehouden en sinds ongeveer twee jaar dreven zij nu het hotelletje 'De Ronde Stuiver'. Zij leefden nog van de ontucht. Maar nu van de ontucht van anderen. Ze verhuurden kamers aan prostituées, die voor de afzondering met hun klanten geen eigen vertrekje hadden.

'Zo,' zei ik, 'het is dus Mientje.'

De vrouw van de hotelhouder knikte. 'Ja,' herhaalde ze, 'het is Mientje. Ze deed gisterenavond al zo raar. Vond je niet, Henk?'

De met 'Henk' aangesproken hotelhouder stemde daarmee in.

'Ja,' zei hij, 'ze deed nogal vreemd. Ze heeft hier beneden een tijdje gezeten. Ze vroeg papier en enveloppen. Die heb ik haar gegeven. Toen is ze brieven gaan schrijven.'

'Waar zijn die brieven?'

Hij liep naar achter het buffet en plukte van tussen een paar flessen met nep-champagne een paar brieven. Het waren er drie.

'Hier heb ik ze,' zei hij. 'Ik heb nog geen tijd gehad om ze op de post te doen.'

Ik stak de brieven bij mij.

'Heeft ze nog iets gezegd?' vroeg Geert.

'Nee,' antwoordde de hotelhouder. 'Ze is alleen vroeg naar haar kamer gegaan.'

'Wat was dan zo vreemd aan haar gedrag?'

'Nou,' zei de vrouw, 'wat wilt u. Ze kon nog een goed klantje krijgen voor de nacht. Een lief mannetje, dat hier al jaren komt. Maar ze wou niet. Ik zei: "Toe meid, dan kan je nog wat verdienen." Ze trok haar schouders op. "Wat moet ik nou nog met geld," zei ze. Ja, echt, dat zei ze. "Wat moet ik nou nog met geld. Ik heb het niet meer nodig." Nou, en dat is toch wel raar vindt u niet?'

Ik knikte. Het was inderdaad raar dat een vrouwtje uit de buurt een goed klantje liet lopen en beweerde geen geld nodig te hebben.

'Waar ligt ze?' vroeg Geert.

'Boven, gaat u maar mee.'

Achter de dikke vrouw van de hotelhouder aan beklommen wij een paar gammele trappetjes. Haar enorm zitvlak deinde voor mij uit. De doorgang was op sommige plaatsen zo nauw, dat ik mij erover verbaasde, dat ze niet ergens klem liep. Op de derde verdieping bleef ze voor een kamer staan. Op de deur waren metalen cijfertjes gespijkerd. Eén van de spijkertjes had losgelaten en het viel niet mee om nu nog uit te maken of het kamer 16 of 19 was. De vrouw hijgde zwaar. Ze stak haar tong uit de mond en leunde tegen de deurpost. Geert en ik keken zwijgend toe. Toen ze haar ademhaling weer een beetje in bedwang had, diepte ze een sleutel uit de zak van haar schort op en opende de deur. We keken in een armzalig kamertje met één raam, dat uitzag op een witgekalkte muur. Mijn oog viel direct op een spreuk aan de wand. *God is liefde* stond er in quasi gotische letters met veel tierelantijntjes. De spreuk was kennelijk achtergelaten door een godvruchtig man, die in dit kamertje een nacht had doorgebracht. Ik kon mij namelijk niet voorstellen, dat de hotelhouder of zijn vrouw deze spreuk hadden opgehangen om hun gasten te stichten. Het woord 'liefde' was doorgehaald met een dikke bloedrode lipstick-streep.

Wat verderop was over een scheur in het behang een pin-up girl geplakt; een mooi meisje met lange benen en een uitdagende buste. Om een bepaald lichaamsdeel was met potlood een onregelmatig kringetje getrokken. Er stond iets schunnigs bij. Op een wit geschilderde stoel lagen wat kleren, netjes over de leuning en zitting gedrapeerd; een rok, een trui en een minuscuul bh-tje. Op een halfrond tafeltje tegen de muur lagen haar bezittingen; een lipstick, een poederdoos en een paar ineen gefrommelde tientjes. Ik vroeg mij af of zíj het woord 'liefde' had doorgestreept. Maar haar lipstick had een andere kleur.

Het lichaam lag in het tweepersoonsbed, bijna geheel onder de dekens. Alleen het hoofd was zichtbaar. Het lag opzij, gedeeltelijk bedekt door een weelde van blond golvend haar.

'Hebt u haar zo gevonden?' vroeg Geert.

'Ja,' zei de vrouw, 'vanmorgen om een uur of elf, kort voordat mijn man u belde. Wij hebben alles zo gelaten.'

'Hoe kwam u ertoe om op haar kamer te gaan kijken?'

'Nou kijk, we hadden haar geroepen voor het ontbijt. Maar ze kwam niet. Nou is dat niet zo vreemd. Het gebeurt wel meer dat ze niet ontbijten. Toen ze om elf uur nog niet beneden was, ben ik naar boven gegaan. U moet denken de kamers moeten schoongehouden worden en het is zo, dat als je ze hun gang laat gaan, dan blijven ze de hele dag op hun bed liggen. Ik bonsde op de deur, maar kreeg geen antwoord. Ik wou toen gaan kijken wat er aan de hand was, maar de deur was op slot en door het sleutelgat was niet veel te zien. Ik ben toen naar beneden gegaan om onze eigen sleutel te halen. Ik waarschuwde toen meteen mijn man. We zijn samen naar boven gegaan. Nou en toen hebben we haar zo gevonden. Mijn man zei direct: 'ze is dood.' Daarom heeft hij u ook gebeld.'

'Het is goed,' zei ik.

'Wat denkt u, meneer, is ze nou echt dood?'

'Het ziet er wel naar uit,' antwoordde ik.

Ze wiegde met haar hoofd heen en weer. 'O God, o God,' zei ze, 'het is toch zonde van zo'n meid.'

'Ja, het is zonde,' zei ik, 'maar wilt u ons nu een poosje alleen laten.'

'Moet dat?'

'Het moet,' antwoordde ik scherp.

Ze schuifelde mokkend weg.

Wij namen de situatie in het kamertje nog eens goed in ons op; de stand van het bed, de ligging van het lichaam en al die kleine details, die te zamen het totale beeld vormden. Haar handtasje vonden wij bij het hoofdeinde onder het bed. Er zaten een paar oude brieven in, een aangebroken pakje sigaretten en enige lege buisjes van een gevaarlijk slaapmiddel.

'Wat denk je ervan?' vroeg Geert.

Ik liet hem de lege buisjes zien.

'Het lijkt mij nogal duidelijk,' zei ik. 'Alles wijst in de richting van zelfmoord.'

Wij doorzochten het kamertje op sporen, die mogelijk tot een andere conclusie konden leiden, maar vonden die niet.

Op het marmeren plaatje boven de wasbak stond een glas, waarin nog resten van tabletten kleefden.

'Ook dit wijst toch op zelfmoord,' zei Geert.

Ik knikte peinzend.

Ik had wel enige ervaringen met zelfmoorden en ik wist hoe gevaarlijk het was een voorbarige conclusie te trekken. Het zou niet de eerste keer zijn, dat zelfmoord een camouflage was voor moord. Ik liet mijn blik nog eens door het kamertje dwalen en dacht intussen na over hetgeen de vrouw van de hotelhouder had verteld.

'De sleutel,' dacht ik hardop.

Geert keek mij aan.

'De sleutel?'

'Ja, de vrouw van de hotelhouder zeï, dat de deur op slot was. Als het meisje werkelijk zelfmoord heeft gepleegd, en daar heeft het alle schijn van, dan moet zij de deur aan de binnenzijde zelf hebben afgesloten en gezien de constructie van het slot, met een sleutel.'

'Je hebt gelijk,' zei Geert. 'Er moet hier ergens een sleutel zijn.'

Het was voor ons een hele geruststelling, dat we de sleutel ten slotte vonden. Hij lag op het halfronde tafeltje onder een stenen asbak. We hadden het ding nog niet van zijn plaats gehad om zelf geen vingerafdrukken achter te laten. Pas toen Geert met de punt van een potlood de asbak enigszins oplichtte, vonden wij de sleutel.

'Weer een raadsel minder,' zei ik. 'Je ziet het. Het is zaak alles grondig te doen.'

Het bed met het lichaam van het meisje lieten wij voorlopig onaangeroerd. Dat kwam later, wanneer de fotograaf het lichaam in de gevonden situatie had gefotografeerd.

De mond van het meisje stond een beetje open en door haar halfgeloken ogen scheen ze onze verrichtingen in het kamertje te volgen. Het is altijd een onprettig gevoel in het bijzijn van een dode te werken. Het is dan net alsof bij alles wat men doet de geest van de gestorvene aanwezig is. Het is natuurlijk nonsens, maar Geert werd er een beetje nerveus van.

'Heb je het gemerkt?' zei hij. 'Het lijkt of ze voortdurend naar ons kijkt.'

'Niet op letten,' zei ik schertsend. 'Ik denk niet, dat ze nu nog oog voor je heeft.'

Het was een wrang grapje. Geert lachte niet. Hij leek wat bedrukt. 'Kom,' zei ik, 'we zullen een paar plaatjes laten maken en de dokter waarschuwen voor de doodschouw.'

Ik liep het kamertje uit op zoek naar een telefoon. Ik vond de hotelhouder en zijn vrouw in de keuken. Ze aten met smaak een flinke uitsmijter. Ik stelde formeel nog een paar vragen over de andere hotelgasten en liet mij de telefoon wijzen. Toen ik de Dactyloscopische Dienst en de dokter had gewaarschuwd, ging ik terug.

Ik vond Geert buiten het kamertje op de gang.

'Ga je mee,' zei ik, 'dan gaan we nog eens kijken of we absoluut niets over het hoofd hebben gezien. Heb je bij voorbeeld op het raam gelet.'

'Ga jij maar,' zei hij. 'Ik houd het daarbinnen niet meer uit.' Hij zag bleek en trok nerveus aan zijn sigaret.

'Je bent gek,' zei ik. 'Doe die sigaret uit en ga mee naar binnen. Het is ten slotte jouw zaak.'

'Ik kan niet,' stamelde hij. 'Echt niet.'

'Luister Geert, je moet er overheen. Je kan nu eenmaal moeilijk bij elk lijk, dat je in je werk tegenkomt, staan grienen.'

Ik greep hem bij zijn arm vast en duwde hem het kamertje in. Ik voelde hoe hij rilde. Ik ergerde mij een beetje over zijn zwakheid.

'Wat kan jou het schelen,' zei ik. 'Zulke dingen gebeuren nu eenmaal en als politieman krijg je daarmee te maken.'

Geert reageerde niet. Hij bleef bij de deurpost en staarde onafgebroken naar dat hoopje mens onder de dekens.

Hij stond daar zo wezenloos en om zijn mond hing zo'n smartelijke trek, dat ik mijn ergernis om zijn houding vergat en medelijden met hem kreeg.

'Toe Geert,' zei ik zacht. 'Het is toch maar een hoertje.'

Hij keek mij met een paar verwilderde ogen aan.

'Een hoertje,' schreeuwde hij, 'máár een hoertje.'

Zijn stem sloeg bijna over.

'Is een hoertje dan geen mens? Heb je gezien hoe jong ze is?'

Ik begreep, dat ik een fout had gemaakt en zuchtte.

'Begrijp me goed,' zei ik, 'natuurlijk ben ik niet ongevoelig voor menselijk leed en een hoertje is ook een mens. Ik weet dat misschien nog wel beter dan jij. Maar hoe zou ik mijn werk kunnen doen, wanneer ik mij in al dat leed, dat ik ontmoet, zou verdiepen. Ik accepteer het eenvoudig. Meer niet.'

De komst van de Dactyloscopische Dienst onderbrak mij. Het waren Van der Kerk en Meulenaar. Ze sleepten zich hijgend met hun zware tassen naar boven. Op de gang bij het kamertje klapten zij hun bagage op de vloer.

'Het is ook altijd op de derde verdieping,' zuchtte Meulenaar. 'En nooit een lift.'

Van der Kerk sloeg mij vriendschappelijk op de schouder. 'Zo ouwe jongen,' zei hij, 'zit je weer met ellende?'

Ik lachte. Van der Kerk noemde alles 'ellende'. Ik kende hem vrij goed en was erg op hem gesteld. Hij had vroeger als rechercheur aan de Warmoesstraat dienst gedaan en wij hadden in het verleden samen heel wat zaakjes tot klaarheid gebracht. Ik dacht aan de moord op Noorse Anja, die uit het raam van een tweede etage was gegooid en op een vlondertje boven het water van de gracht was blijven liggen. Bram van der Kerk was een fijne vent, maar een tobber. Hij dacht te veel over de dingen na. Op het laatst kon hij het niet meer uithouden. Hij werd nerveus en prikkelbaar en vroeg ten slotte overplaatsing naar de Dactyloscopische Dienst, waar hij zich snel inwerkte. Hij zocht nu naar 'vingertjes' en maakte 'plaatjes.' Als hij klaar was hing hij zijn zware tas over zijn schouder en vertrok, blij dat hij zich niet verder met de zaak behoefde in te laten. Het is misschien een beetje vreemd, maar toen Bram de Warmoesstraat verliet, voelde ik dat als een verraad, hoewel ik hem zelf had aangeraden om in verband met zijn gezondheid naar een rustiger post om te zien. Ik had echter niet gedacht, dat Bram werkelijk overplaatsing zou vragen. Maar hij deed het. Uit onze samenwerking was in de loop der tijd een soort vriendschap gegroeid, die moeilijk te omschrijven valt. Vooral in de eerste tijd had ik het gevoel, dat Bram mij in de steek had gelaten. Geert, die voor Bram in de plaats was gekomen, was nog zo groen en werd nog te veel beheerst door normen en gedachten die zijn werk belemmerden. Men kon nog niet veel aan hem overlaten. Op Bram had ik kunnen bouwen.

Ik keek eens naar zijn gezicht, dat mij zo vertrouwd was, dat ik er bijna elke gedachte op kon lezen. De nerveuze trekken waren verdwenen.

'Je ziet er goed uit,' zei ik.

Hij trok zijn gezicht in een ernstige plooi.

'Geloof me,' zei hij, 'ik voel mij nu een stuk beter. Het wordt voor jou ook tijd, dat je uit de Warmoesstraat wegkomt. Je gaat er kapot.'

'Maak je om mij geen zorgen,' zei ik. 'Ik kan ertegen.'

'Ja,' grijnsde hij, 'dat dacht ik ook.'

Hij begon zijn spullen uit het koffertje te pakken.

'Een zelfmoord?'

Ik knikte.

Hij nam zijn fototoestel en stapte het kamertje in. Een lichte spanning maakte zich van mij meester. Ik had hem moeten waarschuwen. Ik had hem moeten voorbereiden op een schok. Het kon nog. Hij had het bed nog niet bereikt. Maar in plaats van hem te waarschuwen keek ik scherp toe en lette op zijn reacties. Ik zag hoe hij langs het bed schoof en bij het hoofdeinde bleef staan. Ik zag zijn brede rug, zijn dikke nek en het alpinopetje, dat hij altijd droeg. Dat alles schokte.

Het duurde maar even. Toen draaide hij zich langzaam om en keek mij verbijsterd aan.

'Ap,' zei hij hees, 'het is Mientje.'

'Ja,' zei ik, 'het is Mientje.'

Plotseling in een fel gebaar, smeet hij zijn fototoestel op het bed en kwam naar mij toe. Zijn gezicht was in woede vertrokken.

'Het is de schuld van die schoft. Dat brok ellendeling. Hij heeft haar de dood ingejaagd.'

'Je bedoelt Bobby Brakel,' zei ik.

'Ja, wie anders. Jij weet dat net zo goed als ik.'

Hij stond voor mij met gebalde vuisten. Zijn gezicht was vuurrood. Achter hem stond Geert, nog steeds zo bleek als was. En dat allemaal omdat een jonge prostituée het leven zat was geworden en zelfmoord had gepleegd.

Meulenaar had inmiddels zijn dasharen kwast en zijn potje met aluminiumpoeder te voorschijn gehaald en was al ijverig bezig. Hij lette niet op ons. Het was zijn taak om naar vingerafdrukken te zoeken. En dat deed hij.

'Kijk de asbak goed na,' zei ik. 'Als het goed is dan moet je op de rand vingertjes van het slachtoffer vinden.'

'Ik zal erop letten,' zei Meulenaar.

Bram was inmiddels weer naar het bed gelopen en staarde naar het plukje blond haar, dat boven de dekens uitstak. Hij schudde zwijgend zijn hoofd. Ik wist wat er in hem omging.

'Kom,' zei ik, 'pak je toestel van het bed en maak je plaatjes. Direct komt de dokter en dan moet je klaar zijn.'

'Je hebt gelijk,' zei hij. 'Er is nu toch niets meer aan te doen.'

Hij had zich zelf weer volkomen in bedwang. Hij monteerde een flitsapparaat aan zijn toestel en begon foto's te maken.

Plotseling hield hij op en kwam naar mij toe.

'Vertel jij het aan haar vader.'

'Dat is eigenlijk de taak van Geert. Het is zijn zaak.'

'Maar wil je het toch doen? Je kent hem beter dan Geert.'

Ik zuchtte.

'Goed Bram. Ik zal het haar vader gaan vertellen.'

'Dank je,' zei hij. 'Je bent altijd een goed collega geweest.'

Hij meende het.

Meulenaar pakte het glas, waarin nog resten van tabletten kleefden, zorgvuldig in. Hij had op de asbak en op het glas een paar bruikbare vingerafdrukken gevonden. Ze waren vermoedelijk van het meisje. Hij zou dat nog nader onderzoeken. De tabletresten zou men op het politielaboratorium wel ontleden. Bram was juist klaar met het maken van foto's toen de dokter verscheen. Hij groette ons vriendelijk.

'Wat een hotel,' zei hij lachend. 'Hotel "Stoot je hoofd niet".'

We glimlachten beleefd.

'Al iets ontdekt heren?'

'We denken aan zelfmoord.'

Hij liep naar het bed en sloeg de dekens terug. Zij lag daar geheel naakt; een meisjesfiguur met nog strakke borsten.

'Een mooi vrouwtje,' mompelde de dokter. 'Wie is het?'

'Mientje van der Kerk,' zei ik.

Ik had nog meer willen zeggen, maar zweeg omdat Bram erbij was. Ik merkte hoe Geert mij verbaasd aankeek toen ik de achternaam van het meisje noemde en ik zag hoe een vraag op zijn lippen brandde.

Met ons vieren keken we toe hoe de dokter het lijk aftastte op zoek naar uiterlijke tekenen van geweld. Op zijn verzoek hielpen wij hem het lichaam te keren. Op de rug waren de eerste lijkvlekken al te zien.

Toen de dokter klaar was liep hij naar het wasbakje en begon zorgvuldig zijn handen te wassen.

'Ze is dood,' zei hij.

Het klonk bijzonder laconiek.

'Er zijn geen uiterlijke tekenen van geweld, maar er zal wel een sectie verricht moeten worden om de doodsoorzaak vast te stellen.' Hij keek ons geamuseerd aan. 'Maar ik denk, dat de heren dat al wel begrepen hebben.'

Geert liet de dokter de lege buisjes slaapmiddelen zien.

'Dat zal het wel zijn,' zei hij. 'Het spul is de laatste tijd nogal in de mode.'

Toen de dokter vertrokken was, maakte Bram nog een paar plaatjes van het meisje, nu met teruggeslagen dekens. Daarna namen ook de mannen van de Dactyloscopische Dienst afscheid.

'Tot de volgende zaak,' zei Meulenaar.

Bram gaf mij een hand en zei niets.

Geert en ik namen de schaarse bezittingen van het meisje mee en lieten het lichaam naar het sectie-lokaal transporteren. Toen wij het hotelletje wilden verlaten vroeg de vrouw van de hotelhouder of zij de kamer al weer kon verhuren.

'Ja,' snauwde Geert, 'je mocht er eens schade van hebben.'

Ik trok hem mee naar buiten.

'Kom,' zei ik, 'er is nog werk aan de winkel.'

'Je mocht er eens schade van hebben,' schreeuwde hij nogmaals.

De vrouw van de hotelhouder keek ons verbaasd na.

OP het bureau onderzochten wij de bezittingen van Mientje. We bekeken alles zorgvuldig en maakten een inventarislijstje op.

Ik nam de brieven, die het meisje op de avond voor haar dood had geschreven en ging daarmee naar het onbezette verhoorkamertje, waar het rumoer van de recherchekamer slechts flauw doordrong. Zekerheidshalve vergeleek ik het handschrift met een ander stukje schrift, dat ik van haar in het handtasje had gevonden. Toen ik vrijwel zeker was, dat de brieven werkelijk door het meisje waren geschreven, begon ik te lezen.

De brieven waren geschreven in een keurig handschrift en bijna zonder taalfouten. Er was een brief geschreven aan haar vader, één aan een vriendin en één aan Bobby Brakel. Ze lieten geen twijfel. Het meisje had werkelijk zelfmoord gepleegd. Het waren pure afscheidsbrieven, zoals gebruikelijk druipend van sentiment en zelfbeklag. De brief aan Bobby Brakel was voor mij het meest interessant. Er stond echter niets in, dat ik al niet wist. De ware motieven, die iemand tot zelfmoord brengen, zijn vaak moeilijk te achterhalen. Maar het is in de regel wel zo, dat men schuldgevoelens bij anderen wil opwekken. Ook uit de brieven van Mientje kwam dit duidelijk naar voren. In de brief aan haar vader beschuldigde zij hem van harteloosheid. Ik peinsde erover om die brief achter te houden, hoewel ik daartoe niet het recht had. Maar het had geen zin om hem een gevoel van wroeging bij te brengen. Hij had dat niet verdiend. De beschuldiging van Mientje was ongegrond. En ik wist dat. Haar vader had gedaan wat menselijker wijze maar mogelijk was. Misschien had hij op sommige punten gefaald. Hij had te veel van zijn kind gehouden en daarom wel eens onjuiste beslissingen genomen. Maar als Mientje van harteloosheid sprak, dan was dat veel meer van toepassing op haar zelf in háár houding ten opzichte van haar vader. En niet andersom. Maar zoals de meeste mensen zocht ook Mientje de fout niet bij zich zelf. Zelfs op het moment, dat ze haar besluit al had genomen en afscheidsbrieven schreef, schoof ze de schuld van haar mislukt leven op anderen; op haar vader en op Bobby Brakel.

Toen ik de brieven had uitgelezen, gaf ik ze aan Geert.

'Hoe is het met haar kleren?' vroeg ik.

'Niets bijzonders.'

'Mooi, dan zal ik even de Chef verslag doen,' zei ik en liet hem met de brieven alleen.

Toen ik terugkwam was Geert nog in het verhoorkamertje. Hij zat stil voor zich uit te staren. De brieven lagen voor hem op tafel.

'Het is wel duidelijk, vind je niet?'

Geert knikte. 'Het is verschrikkelijk,' zei hij. 'Zo'n man als Bobby Brakel moesten ze hangen. Hij heeft haar eerst in de prostitutie gebracht en toen hij weer een ander liefje vond, liet hij haar in de steek.'

'Ja, en weet je waarom?'

'Neen,' zei Geert.

'O, het is anders heel eenvoudig. Mientje was wel een knap vrouwtje, maar volgens Bobby Brakel als prostituée niet bepaald een succes. Ze was er niet geschikt voor en bracht te weinig binnen.'

'Dus daarom liet hij haar in de steek.'

'Precies. Voor een man als Bobby Brakel is een vrouw slechts een middel om aan geld te komen en omdat hij te weinig fantasie heeft, beoordeelt hij een vrouw slechts naar haar geschiktheid als prostituée.'

'Wat een schoft,' zei Geert. Het kwam uit de grond van zijn hart.

De felle reactie van Geert amuseerde mij een beetje.

'Och,' zei ik, 'je bent nog maar zo kort aan het bureau Warmoesstraat. Later zal je dergelijke dingen gemakkelijker accepteren.'

'Ik accepteer dat nooit,' riep Geert en ik zag, dat hij het meende.

Ik haalde mijn schouders op.

'Je zult wel moeten, beste jongen. Als je een tijdje hier meeloopt dan zal je bemerken, dat de zo strenge Wet je weinig gelegenheid biedt om tegen alles wat je als een kwaad ontmoet of als een onrechtvaardigheid aanvoelt, op te treden. Daar leer je in berusten.'

'Als je daarin berust, dan ben je een slappeling,' antwoordde Geert nogal heftig.

'Misschien wel,' zei ik gelaten. Het woord 'slappeling' had mij getroffen en ik vroeg mij af of het werkelijk op mij van toepassing was. De tijd, dat ik als een Don Quichotte tegen windmolens vocht, had ik al lang achter me. Van het vuur, waarmee ik vroeger de misdaad te lijf ging, was niet veel meer over. Men kon moeilijk nog beweren, dat ik een vurig strijder voor recht en gerechtigheid was. Recht en gerechtigheid; de woorden deden mij glimlachen. Sinds ik de scheidslijn tussen goed en kwaad niet meer zo duidelijk zag, hadden ook die woorden voor mij veel van hun glans verloren. Maar al miste ik het vuur der overtuiging, ik had mijn ervaring en routine en dat woog ruimschoots op tegen jeugdig, meestal onbezonnen enthousiasme. Geert onderbrak mijn overpeinzingen.

'Sorry,' zei hij. 'Ik wilde je niet beledigen.'

Ik voelde mij niet beledigd. Hij had het niet slecht bedoeld. Ik mocht Geert wel. Hij was een aardige jongen, die alleen nog veel moest leren. Hij was nog niet die goed registrerende automaat, die hij als rechercheur behoorde te zijn. Hij besteedde nog te veel aandacht aan zijn eigen gevoelens.

Ik liep naar de kapstok en trok mijn jas aan.

'Waar ga je heen?' vroeg Geert.

'Ik ga naar vader Van der Kerk. Iemand moet hem toch vertellen wat er met zijn dochter is gebeurd.'

'Hoe ga je het hem zeggen?'

Ik haalde mijn schouders op.

'Dat weet ik nog niet. Als het zover is dan schiet mij wel wat te binnen. Het heeft geen zin om vooraf een speechje in te studeren. Het is toch altijd weer anders.'

'Mag ik met je mee?'

'Zeker, als je wilt.'

We liepen met de kragen van onze regenjassen omhoog door een druilerige regen. Wij hadden met een politiewagen kunnen gaan, maar ik wilde niet. Ik gaf er de voorkeur aan om te lopen. De dood van Mientje had mij dieper aangegrepen, dan ik liet blijken en ik voelde behoefte om mijn gedachten te ordenen. Mientje was ongeveer zo oud als mijn eigen dochter. Ik zocht naar kenmerkende verschillen, maar ik kon geen groot onderscheid ontdekken. Het stemde mij tot nadenken.

Geert gaf mij echter niet de gelegenheid om dieper op het probleem in te gaan.

'Zeg,' zei hij, 'vind je het niet toevallig, dat Mientje dezelfde naam heeft als Bram van de Dactyloscopische Dienst?'

'Dat is niet zo toevallig,' zei ik. 'Mientje was zijn nicht.'

'Zijn nicht?'

'Ja, ze was een kind van zijn oudste broer.'

'En wist je dat al lang?'

Ik knikte.

Plotseling bleef hij staan en greep mij bij mijn arm vast. Ik keek hem aan en zag hoe een regendruppel uit zijn haren gleed en over de rug van zijn neus naar beneden drupte.

'Waarom waarschuwde jij, vanmorgen in dat hotelletje, Bram dan niet, dat hij het lijk van zijn eigen nicht moest fotograferen? Je liet hem gewoon het kamertje binnengaan. Je liet hem zelf ontdekken wie dat lijk onder de dekens was.'

We stonden midden op het trottoir. In het voorbijgaan stootte iemand tegen mijn rug, zodat ik tegen Geert opviel. Zijn gezicht was nu dichtbij en ik zag haat in zijn ogen fonkelen.

'Weet je wat je zei?' Zijn stem droop van sarcasme. 'Weet je nog wat je zei? Als je je het niet meer herinnert, dan zal ik het je zeggen. Je zei: "je ziet er goed uit." Meer niet. Geen woord over Mientje. En dan zeggen ze nog, dat je een goed collega bent. Ik, ik...'

Uit woede struikelde hij over zijn eigen woorden.

Ik wreef met mijn hand over mijn natte gezicht en zweeg. Ik wist ook niet goed wat ik antwoorden moest. Wat wist Geert van hetgeen door de jaren heen tussen Bram en mij was gegroeid. Ik kende Bram. Ik was benieuwd geweest naar zijn reacties en daarom had ik hem niet gewaarschuwd, dat hij zijn eigen nicht te zien zou krijgen. Bram had mij daarvan geen verwijt gemaakt. Mientje had zelfmoord gepleegd en zelfmoord is een geval dat de recherche behandelt. Dat Mientje nu toevallig een familielid was van een collega, deed aan de routine van de zaak niets af. Zo was het. Bram en ik hadden dat als vanzelfsprekend aanvaard. Ik besefte, dat Geert dat nog niet kon of wilde begrijpen, daarom liep ik gewoon door en liet hem midden op het trottoir staan.

Hij kwam achter mij aan en ging weer naast mij lopen. Onderweg spraken wij geen woord meer.

Van der Kerk woonde in een lange eentonige straat; een eindeloze rij uniforme ramen, deuren en portieken. Wij doken de juiste portiek binnen en belden aan. Van der Kerk deed zelf open. Anna, zijn huishoudster, met wie hij al jaren samenwoonde, was blijkbaar niet thuis.

Van der Kerk keek helemaal niet vreemd op van ons bezoek. Als ik in de buurt was, dan kwam ik altijd even langs. Hij lachte vriendelijk en stak mij opgewekt de hand toe.

'Dat is ook toevallig,' zei hij. 'Bram is net ook even aan komen wippen.'

Hij ging ons voor naar zijn gezellig ingerichte zitkamer. Het was voor mij een vertrouwde omgeving. Ik had hier uren met Bram en zijn broer zitten bomen over allerlei onderwerpen. Wanneer Bram en ik een moeilijke zaak onderhanden hadden, dan namen wij het geval wel eens met Van der Kerk door. Het was vaak wel verfrissend om ook eens de mening van een niet-politieman te horen.

Bram zat weer in de fauteuil bij de haard. Aan de manier, waarop Van der Kerk ons had begroet, begreep ik, dat Bram hem nog niets had verteld. Ik vloekte inwendig. Net als vroeger, toen wij nog samenwerkten, liet Bram het vuile werk aan mij over. Maar hij wilde er bij zijn om te horen hoe ik het deed en om te troosten, achteraf, wanneer ik het vuile werk had opgeknapt. Zo was Bram. Daarom was hij gekomen. Ik had het gevoel of we samen weer bezig waren aan dezelfde zaak, of we weer hetzelfde doel nastreefden, ondanks onze tegenstellingen. Bram, zoals altijd, meer heilsoldaat dan rechercheur.

Ik stelde Geert aan Van der Kerk voor. 'Zo,' zei hij tegen Geert, 'een nieuweling in het vak.' Hij gaf mij een knipoogje. 'U hebt in ieder geval een goede leermeester.'

Geert keek mij van terzijde aan en grijnsde een beetje.

'Als ik het goed geraden heb, dan komen jullie op de koffie.' Hij lachte beminnelijk. 'Maar dan zullen jullie toch even geduld moeten hebben. Anna komt zo terug.'

Van der Kerk speelde de opgewekte gastheer. Hij deed erg zijn best. Maar de atmosfeer was geladen met spanning. De opgewektheid van Van der Kerk was een dissonant; als een humorist op een begrafenis.

Bram keek naar mij en Geert speelde met een doosje lucifers. Alleen Van der Kerk sprak. Het was een waterval van klanken, waar niemand naar luisterde. Ik bukte mij en aaide de kat, die met een opgestoken staart en hoge rug langs zijn broekspijpen schoof.

Geboren uit een onberedeneerde woede, kwam één moment de gedachte bij mij op om tegen Van der Kerk te zeggen: 'Bram heeft je wat te vertellen.' Maar ik kende Bram lang genoeg om te weten, dat hij dan toch een uitvlucht zou zoeken. Hij zou niet in staat zijn om zijn broer op de hoogte te brengen van de dood van zijn kind.

Ik keek naar Van der Kerk. Hij zat rustig in een lage fauteuil, zijn benen over elkaar heengeslagen. Straks zou hij bleek worden, dan rood; dan zou hij opvliegen, schreeuwen en ten slotte snikken met lange uithalen. Dan zouden die twee naar hem toegaan. Bram zou met een glaasje water slepen en Geert zou teksten spreken uit de bijbel; toepasselijke teksten. En ik? Ik zou als brenger van de noodlotstijding rustig in mijn stoel blijven zitten en dat alles aanzien.

Maar ik had nog geen woord gesproken. Ik kon nog weggaan en alles aan Geert en Bram overlaten. Maar ik voelde, dat die twee op mij zaten te wachten en ik wilde vooral Bram niet teleurstellen. Ik weet niet of Van der Kerk onze onderlinge stemmingen aanvoelde. Ik dacht van wel. Hij had al een tijdje niet meer gesproken en keek met een zweem van verbazing ons sombere kringetje rond. We ontweken zijn blik. Hij probeerde het nog eenmaal en zei handenwringend: 'Hoe is het? Nog zware zaken?' Het was zijn laatste poging. Geen van ons antwoordde. Ik zag, dat hij onrustig werd.

Plotseling zei hij: 'Zeg, is er wat?' Zijn stem klonk onzeker.

Ik voelde, dat nu het moment gekomen was.

'Van der Kerk,' zei ik plechtstatig, 'het is niet toevallig, dat wij hier zijn. Het is een nogal droeve plicht, die ons hier heeft gebracht. Bram durfde je het niet te vertellen. Daarom zal ik het doen.'

'Wat?'

'Het gaat over Mientje.'

'Wat is er met Mientje?'

'Ze heeft zich vrijwillig teruggetrokken.'

'Wat bedoel je daarmee?'

Ik wachtte even in de hoop, dat Bram of Geert mij zouden bijspringen, maar de ellendelingen zwegen. Ik was woest en wist niet waarom. Het stond mij tegen. Ik walgde van mij zelf om de clichéwoorden, die ik prevelde. Daarom zei ik veel ruwer dan mijn bedoeling was: 'Wij hebben haar vanmorgen in een hotelletje gevonden, Van der Kerk. Ik denk, dat zij zich niet langer tegen het leven voelde opgewassen.'

Het duurde even. Hij keek van mij naar Bram en weer terug. Ik zag hoe langzaam het begrip bezit van hem nam. Het leek alsof het vanuit zijn benen omhoog steeg naar zijn hersenen.

Ik zuchtte. Het was eruit. Ik had mijn ellendige plicht gedaan en wat ik verwachtte gebeurde. Bram en Geert schoten toe en ik bleef zitten.

Ik sta wat onhandig tegenover menselijk leed. Ik mis de routine van dominees en priesters. Ik mis hun gebaren en troostrijke woorden. Ik mis hun geloof in een God, die rechtvaardig is.

Het duurde zeker een half uur voordat Van der Kerk weer enigszins tot zich zelf kwam. Geert sprak troostend. 'God zal er wel een bedoeling mee hebben,' hoorde ik hem zeggen. Van der Kerk knikte. Hij vroeg niet: 'Welke?'

Midden in het tumult was Anna, zijn huishoudster thuisgekomen. Ze was een kordate vrouw, die Van der Kerk spoedig tot bedaren bracht. Zelf scheen ze niet erg onder de indruk van de dood van Mientje.

Ze leidde Van der Kerk zachtjes terug naar zijn fauteuil. Haar optreden was van een dwingende doortastendheid. Ze beheerste de situatie volkomen. Ze behandelde Van der Kerk als een onwillig kind, dat juist een driftbui heeft gekregen. Van der Kerk onderging dat alles zonder veel weerstand. Toen hij in zijn fauteuil zat, nam ze naast hem op de leuning plaats.

'Vertel het ze maar,' zei ze. 'Je spreekt er toch graag over.'

Ik meende in de toon waarop ze dit zei een lichte ironie te beluisteren. Het was nauwelijks waarneembaar, maar toch duidelijk genoeg om te beseffen, dat het onderwerp Mientje tussen hen beiden dikwijls het onderwerp van heftige discussies was geweest.

Van der Kerk knikte, maar aarzelde nog.

'Toe maar,' zei ze.

Blijkbaar achtte zij het een juiste therapie om hem zijn verdriet te laten verwerken.

Van der Kerk zuchtte, en terwijl hij krampachtig haar hand vasthield, vertelde hij het verhaal van zijn Mientje.

Hij vertelde het eigenlijk aan Geert. Bram en ik kenden het al.

Ik had bewondering voor de huishoudster. Ze luisterde aandachtig toe, hoewel ze het verhaal al tot vervelends toe gehoord moest hebben. Ik vroeg mij af of ze van Van der Kerk hield. Het leek mij toe van wel, hoewel haar gebaren van tederheid meer leken op die van zorgzame verpleegster dan van een liefhebbende vrouw.

Van der Kerk wees naar een foto op de schoorsteenmantel.

'Dat is mijn vrouw,' zei hij. 'Ze is veel te jong gestorven. Mientje heeft eigenlijk nooit een moeder gehad. Ik was alles tegelijk; vader en moeder, en dat kan eigenlijk niet. Ze was zo'n lief ding, toen ze klein was. Je had haar toen moeten zien. Ze had van dat prachtige blonde haar. Ja, ik was erg trots op mijn kleine meid. Ik nam haar ook overal mee naar toe. Misschien heb ik haar te veel verwend. Maar wat wil je. Na de dood van mijn vrouw was ze alles wat ik bezat.'

Hij hield even op en speelde met beelden uit zijn herinnering. 'De moeilijkheden begonnen,' zo ging hij verder, 'toen ze zestien jaar was. Ze kreeg toen verkering met een jong ventje; in mijn ogen een slungel, waaruit niets kon groeien. Ik heb mij tegen die verkering verzet. Nogal heftig, moet ik zeggen. Je wilt toch het beste voor je kind, niet waar? Enfin, ze heeft die jongen opgegeven, maar na die tijd was het toch niet meer zo als vroeger.

Toen Anna als huishoudster bij mij kwam – ik was al zo lang alleen geweest – werd het nog erger. Er groeide een verwijdering, die zo groot werd, dat ik op het laatst geen enkel contact meer met haar had. Ik kon niet meer met haar praten. Ze luisterde niet. Op het laatst werd ze totaal onhandelbaar en bleef soms nachten van huis weg. Ik dacht eerst dat het aan Anna lag. Maar Anna was goed voor haar. Het lag aan Mientje zelf. Ze was nukkig en opstandig. Wanneer ik haar vroeg waarom ze 's nachts was weggebleven en waar ze was geweest, dan zei ze: 'Wat kan jou dat nu schelen. Je hebt toch Anna. Dan behoef je je tenminste aan mij niet te storen en kan je rustig bij haar gaan slapen.' Ik bezweer je echter, dat er toen tussen mij en Anna nog nooit iets was voorgevallen. Maar zie je; ze dacht het. Wanneer ze thuis was keek ze ons altijd met argwaan aan. Ze begluurde ons. Ja, zo was het. Ze begluurde ons.

Op aanraden van Bram heb ik toen de Kinderpolitie ingeschakeld. Och, jullie mensen hebben hun best gedaan. Ik kan niet anders zeggen. Maar het heeft niet veel geholpen.

Ongeveer twee jaar geleden, ze was toen zeventien jaar, vertelde ze me op een goeie dag, dat ze een baby verwachtte en dat ze van plan was om te trouwen. Ik wist niet wat ik zou doen. Ze stelde mij voor het feit; toestemming geven of niet. Ik zat er erg mee in. Maar wat moest ik doen. Ik had al lang geen enkel overwicht meer op haar. Ik heb ten slotte toegestemd en ze trouwde met Bobby Brakel. Ik heb die Bobby maar één of twee keer gezien; een glibberige mooie jongen met veel branie en stinkend naar parfum. Ik begreep niet wat ze in hem zag, maar ze scheen dol op hem.'

Hij beet op zijn onderlip en zweeg.

'Waar is het kind nu?' vroeg Geert hem.

'Het kind is nooit geboren. Het werd een abortus. Ik denk, dat Bobby daar wel meer van weet. Ze heeft het mij zelf nooit verteld, maar ik hoorde van anderen, dat hij haar sloeg en schopte?'

'Wat een ellendeling,' riep Geert heftig.

Van der Kerk liet de hand van Anna los. 'Ik zou hem met mijn eigen handen kunnen vermoorden,' siste hij.

Geert sprong uit zijn stoel. 'Dat had je al lang moeten doen.' schreeuwde hij onbeheerst. 'Het was toch jouw kind.'

'Mijn God,' zei hij, 'je hebt gelijk.'

Ik greep Geert vast en drukte hem terug in zijn stoel.

'Hou je waffel,' beet ik hem toe. 'Ben je gek geworden?' Ik was blij, dat Anna het initiatief nam.

'Rustig maar,' zei ze tegen Van der Kerk. 'Mientje heeft zich toch nooit beklaagd?'

Ze wierp een verwijtende blik naar Geert.

'We weten toch, dat jij er niets aan kon doen? Hoe vaak heb je haar niet gezegd, dat ze altijd kon terugkomen, dat haar vaders deur altijd voor haar openstond. Maar ze was te trots.'

Van der Kerk knikte. 'Ja,' zei hij, 'ze was te trots. Toen ik wist, dat ze in dat hotelletje zat, heb ik haar opgezocht. Ik heb haar gebeden en gesmeekt om met mij mee te gaan naar huis. Maar ze wilde niet.'

Van der Kerk begon opnieuw te snikken.

Ik hou niet van huilende mannen. Ze maken mij kriegel. Daarom gaf ik Geert een wenk. We stonden op en namen afscheid. Bram bleef. Hij zou de verdere bijzonderheden over de dood van Mientje wel aan zijn broer vertellen.

Anna bracht ons tot de deur. Ze gaf mij een hand en keek mij aan met een blik, alsof wij deelgenoten waren aan een samenzwering. Een kordate vrouw, die Anna.

Buiten had de regen opgehouden.

Ik was kwaad op Geert om zijn onbeheerst optreden. Ik was van plan hem dat eens ongezouten te vertellen. Maar Geert gaf mij geen gelegenheid voor een vermanend speechje.

'Zeg,' zei hij, 'je schijnt van Mientje meer te weten, dan je mij hebt verteld. Wat Van der Kerk ons vertelde scheen ook niet nieuw voor je.'

'Neen,' zei ik, 'het was niet nieuw en ook niet interessant. Weet je, er zijn honderden Mientjes en hun levensgeschiedenissen lopen niet zover uiteen.'

'Maar niet alle Mientjes plegen zelfmoord.'

'Neen, de meesten gooien 't met hun geweten op 'n akkoordje.'

'En Mientje?'

'Ik denk, dat haar geweten op den duur niet van akkoordjes hield.'

Er speelde een glimlach om de mond van Geert en ik vond, dat hij een prettig uiterlijk had, wanneer zijn gezicht niet zo ernstig stond. Hij maakte vaak de indruk of hij alleen verantwoordelijk was voor al het kwaad, dat de mensen elkaar berokkenden. Dan stond zijn gezicht strak en had zijn mond een bittere trek.

We liepen langs een schutting van een huis in afbraak. Bijna de gehele oppervlakte van de schutting was bedekt met een enorme reclame-affiche. *Drink Coca-Cola ijskoud* stond er en daarbij een stralend meisje, dat ijskoud Coca-Cola dronk. Ze leek wel wat op Mientje. De affiche was daar al lang. Vanaf de hoeken waren flarden weggescheurd en jongens hadden er hun modderhanden aan afgeveegd. Ik liep dagelijks die schutting voorbij. Van mijn huis naar het bureau en van bureau naar mijn huis. Het stralende meisje had al dikwijls mijn blik gevangen, maar de gelijkenis met Mientje was mij tot nu nooit opgevallen.

Geert vroeg: 'Heb je haar vaak ontmoet?'

Ik keek hem aan en vroeg mij af of ook hij de affiche had gezien en de gelijkenis had ontdekt.

'Ik heb Mientje bij Van der Kerk thuis nooit getroffen. Ze was al getrouwd toen ik hem voor het eerst ontmoette.'

'Maar heb je haar tijdens je werk wel eens ontmoet?'

'Een paar maal. De eerste keer was ongeveer een jaar geleden. Ze had toen op een van de walletjes een Duitse zeeman aangesproken en hem beloofd de nacht met hem door te brengen.

Zoals gebruikelijk vroeg ze betaling vooraf. Naar ik meen vijftig gulden voor de hele nacht. De zeeman betaalde en Mientje nam hem mee naar "De Ronde Stuiver". Ze liet hem, zoals de hotelhouder verlangde, voor twee kamers betalen ging met hem mee naar boven. Toen de zeeman zich al begon uit te kleden, zei ze, dat ze nog even naar het toilet moest. Ze ging het kamertje weer uit en liet de zeeman alleen achter. Mientje ging niet naar het toilet maar vluchtte met haar vijf tientjes het hotelletje uit. De zeeman wachtte. Toen het hem duidelijk werd, dat hij was beetgenomen, kleedde hij zich weer aan en ging in de buurt woedend op zoek naar Mientje. Hij vond haar in de bar van Jimmy en eiste zijn vijftig gulden terug. Mientje weigerde. De zeeman beheerste zich niet langer maar mepte haar ongegeneerd op haar gezicht. Er kwam politie aan te pas en zo kreeg ik het stelletje aan het bureau.

Natuurlijk ontkende ze van die zeeman vijftig gulden te hebben gekregen. Ze werd gefouilleerd. Maar onze fouilleerster, die toch beslist geen plekje overslaat, kon geen geld bij haar vinden. Ze had het natuurlijk al lang aan Bobby Brakel gegeven en Bobby had haar goed geïnstrueerd. Er bleef voor mij toen niet veel anders over dan tegen die zeeman een proces-verbaal op te maken terzake het mishandelen van Mientje. Je begrijpt, dat die Duitser bijna uit zijn vel sprong. Hij beschuldigde mij ervan met de prostituées uit de buurt onder één deken te slapen. Ik nam het hem niet kwalijk en ik heb er ook niets van in mijn procesverbaal gezet. Ik kon mij indenken, dat zijn gevoel van rechtvaardigheid niet overeenkwam met ons Wetboek van Strafrecht.

Tegen Mientje kon ik natuurlijk niets ondernemen. Er was geen strafbaar feit, dat ik haar ten laste kon leggen, hoewel ik heel goed begreep wat er aan de hand was geweest. Ik heb toen een tijdje met haar zitten praten, gewoon, zo maar een oriënterend babbeltje. Ik hoorde toen voor het eerst, dat zij een nicht van Bram was. Ik schrok er een beetje van. Bram is van nette familie. Maar och, zulke dingen gebeuren; ook in de beste families.

Ik vond het zonde, dat die meid zo slecht terecht was gekomen; en dat niet alleen omdat ze familie van Bram was. Ze was een aardig kind, fris nog, met open blauwe ogen. Ze had nog niets in haar gedrag, waaruit direct de prostituée naar voren komt.

Over haar huwelijk met Bobby Brakel wilde ze mij niets vertellen. Ze wilde mij zelfs doen geloven, dat Bobby niet wist, dat ze een prostituée was. Net alsof ik niet wist wie Bobby Brakel was. Ik heb haar maar niet uit de droom geholpen. Ik heb haar alleen gezegd, dat ze naar de bliksem zou gaan, wanneer ze er mee doorging. Ik geloof, dat ze dat zelf ook wel begreep. Enfin, na ons babbeltje stuurde ik haar weg.'

'Maar waarom heb je haar niet door haar vader laten afhalen. Ze was toch nog geen eenentwintig jaar?'

'Je vergeet, dat ze door haar huwelijk meerderjarig was. Er was dus geen sprake meer van ouderlijke macht. Natuurlijk heb ik het hele voorval de volgende morgen aan Bram verteld. Hij was razend en begreep net als ik, dat Bobby haar in de prostitutie had gebracht. We konden tegen Bobby niets ondernemen, tenzij wij Mientje ertoe konden brengen om een verklaring tegen Bobby af te leggen.'

'En, lukte het?'

'Neen Geert, het lukte niet.'

We hadden inmiddels ons bureau aan de Warmoesstraat bereikt en beklommen de twee trappen naar de recherchekamer. De meeste rechercheurs waren al naar huis of op onderzoek. Alleen De Wilde zat nog te werken. Hij had twee inbrekers ingesloten en typte als een razende aan zijn proces-verbaal. Hij keek nauwelijks op toen wij binnenkwamen.

'Denk aan je ambtseed,' schertste ik.

De Wilde liet zijn vingers even rusten.

'Ik kan elk woord verantwoorden,' antwoordde hij grimmig.

De Wilde was een stoere Drent, die grapjes op zo iets 'heiligs' als zijn ambtseed niet erg best kon waarderen.

'Koest maar,' zei ik, 'je bent een brave ziel.'

De Wilde schoof zijn schrijfmachine van zich af en leunde achterover in zijn stoel.

'Ik ben het eigenlijk zat,' zei hij, 'maar mijn proces-verbaal moet vanavond nog klaar. Mijn twee klantjes moeten morgen voor de Officier.'

Hij zuchtte. 'Het viel niet mee. Ze hebben vanmiddag pas bekend. Daarom ben ik ook zo laat. Mijn vrouw zal wel weer de pee in hebben. Ik zou vanavond met haar op visite.'

Hij wreef met zijn vingers door zijn stugge haar.

'Zeg,' vroeg hij, 'hoe is het met jullie lijk?'

'O, best,' antwoordde ik. 'Ze ligt in de ijskast van het sectielokaal.'

'Nog narigheden?'

'Neen, een gewoon geval van zelfmoord.'

'Wees er blij mee. Als het een beetje scheefzit, dan heb je er nog een hoop werk aan. Herinner je je nog, dat geval met die Noorse zeeman? Mensen, mensen, wat heb ik daar een narigheid mee gehad.'

'Ja, ja,' zei ik haastig. Ik was bang, dat De Wilde mij zijn hele serie lastige zelfmoorden zou gaan vertellen en ik kende zijn repertoire al.

'Hoe is het nu met hem?' vroeg De Wilde, doelende op Geert, die achter zijn bureau was gaan zitten en met een somber gezicht bezig was zijn aantekeningen uit te werken.

De Wilde had iets tegen Geert. Hij mocht hem niet. Hij vond hem te zacht om aan het bureau Warmoesstraat dienst te doen. Hij had al eens tegen mij gezegd, dat hij Geert geen aanwinst vond. Ik was het niet met hem eens. Ik vond, dat men Geert de tijd moest geven om zich in te werken en om wat aan het milieu te wennen. Eerder kon men niet oordelen. Maar ik begreep De Wilde wel. Als Geert stommiteiten zou begaan en in moeilijkheden zou komen, dan konden wij bijspringen en dat betekende weer een extra belasting. Het was al zo moeilijk om met de paar rechercheurs die wij hadden de zaak draaiende te houden. En dan was er nog iets. De Wilde kon nu eenmaal het best overweg met die collega's, die net als hij in vervoering raakten van de woorden plicht en plichtsbetrachting. En zo'n type was Geert niet. De Wilde had mij als collega geaccepteerd. Maar ook dat was niet van harte gegaan. Het had jaren geduurd en hij vond mij ook nu nog een vreemde kerel met rare ideeën.

'Nou,' herhaalde hij, 'hoe is het nu met hem?'

Ik ergerde mij over de onhebbelijke gewoonte van De Wilde om in het bijzijn van Geert aan anderen inlichtingen over hem te vragen. Hij deed dat wel meer. Het was meestal een aanloop tot een of andere hatelijke opmerking, die dan niet rechtstreeks werd gelanceerd.

'Och,' zei ik sussend, 'laat hem nu maar. Dat lijk ligt hem nogal zwaar op de maag.'

De Wilde lachte zijn hatelijke lach. 'Dat heb je,' zei hij, 'als kannibalen rechercheur worden.'

Geert reageerde heftig. Hij smeet zijn ballpoint op zijn bureau en stond zo haastig op, dat zijn stoel omviel. Zijn ogen schoten vuur.

'Is dat nu een Drents grapje?' vroeg hij dreigend. 'Is dat nu een Drents grapje?'

De Wilde keek mij quasi verbaasd aan.

'Wat is er met hem?' zei hij gemelijk.

'Let er maar niet op,' zei ik. 'Geert is een gevoelig mens.'

'Ja,' schreeuwde Geert, 'ik heb tenminste nog ergens een hart.'

De Wilde keek hem spottend aan. 'Als je zo doorgaat,' zei hij langzaam, 'dan krijg je daar nog last genoeg mee. Ik heb er meer zo gekend. Ze gingen allemaal kapot. Het hart, weet je.'

Zonder verder op Geert te letten, trok De Wilde zijn schrijfmachine weer naar zich toe en begon verder te typen.

'Zo'n jong toch,' mompelde hij.

Ik keek naar Geert. Hij stond achter zijn bureau. Zijn handen waren tot vuisten gebald met witte knokkels. Ik had medelijden met hem. De jongen had het niet makkelijk. Hij was nog maar zo kort bij ons en nog niet opgewassen tegen het vaak bijtende sarcasme van De Wilde.

Ik raapte zijn omgevallen stoel op.

'Kom,' zei ik, 'we gaan naar de kamer hiernaast dan kunnen wij eens rustig met elkaar bepraten hoe we de zaak op papier zullen zetten. Neem je aantekeningen mee.'

Geert volgde gewillig.

Toen wij in de andere kamer, buiten het gehoor van De Wilde waren gekomen, zei ik: 'Waarom stuif je altijd zo op. Je moet je wat beheersen. Geef De Wilde toch geen kans.'

Ik sprak als een geduldige schoolmeester.

Geert schudde zijn hoofd.

'Het is niet alleen De Wilde. De hele sfeer hier staat mij tegen. Ik kan er niets aan doen. Dat stoere gedoe van jullie stuit mij tegen de borst. Ik zat mij al te verbijten, toen ik jullie zo onpersoonlijk over Mientje hoorde praten. Een gezellig babbeltje over een "geval"; een "lijk in de ijskast van het sectielokaal". Dat fijne grapje van De Wilde over kannibalen deed de deur dicht.'

Ik zuchtte.

'Goed,' zei ik, 'je hebt gelijk. De opmerking van De Wilde was niet prettig en ook niet grappig, maar dat wij heel nuchter over een zelfmoord praten is toch heel begrijpelijk.'

Ik wond mij een beetje op.

'Prent dat nu eens heel goed in je hersens: Mientje-is-niet-meer-dan-een-geval, niet-meer-dan-een-lijk-in-de-ijskast. Wat wil je er in godsnaam meer in zien?'

'In godsnaam?' herhaalde Geert.

'O, neem mij niet kwalijk,' zei ik geërgerd. 'Ik bedoel daar niets mee. Ik wil niet op jouw tenen gaan staan. Maar laten wij God er buiten houden, wil je?'

'God erbuiten?' herhaalde Geert met een zweem van verbazing in zijn stem.

'Ja,' schreeuwde ik, 'dat heeft er niets mee te maken.'

Ik voelde, dat ik mijn geduld verloor. Ik heb zo mijn eigen ideeën over God. Maar ik beheerste mij. Ik wist uit ervaring, dat godsdienstige discussies altijd vruchteloos zijn en in de regel slechts verwijdering tussen mensen veroorzaken. Dus zweeg ik verder. Ik wilde geen verwijdering tussen Geert en mij. Ik wilde hem helpen. Ik had als jonge rechercheur met dezelfde problemen geworsteld en begreep uit eigen ervaringen wat hem dwars zat. Maar hij moest erdoorheen en ik wilde hem daarbij helpen. Ik was van plan om bij hem die bepaalde mentaliteit te kweken, die volgens mij onontbeerlijk was voor een rechercheur om zijn werk goed te kunnen doen. Hij moest hard worden, keihard. Als hij sentimenteel wilde doen en jammeren over de verdorvenheid van het mensdom, of zijn eigen godsdienst belijden, mij best. Maar dan buiten de dienst. Naastenliefde en dergelijke nonsens was goed voor thuis, voor vrouw en kinderen, in dat andere wereldje buiten dienst. In de praktijk van ons werk was de samenleving een meedogenloze jungle, waarin allen met alle middelen vochten om het bestaan, waarin men om niet zijn naaste de hersenen insloeg, uit sadisme zijn naaste pijnigde of om het gewin zijn naaste naar het leven stond. Dat was de naastenliefde in de praktijk en met die praktijk had hij als rechercheur te maken. Om in die chaos enige orde te houden kon men niet sentimenteel zijn en hielpen geen godsdienstige spreuken, hoe fraai ook.

Ik liep naar Geert en legde mijn hand op zijn schouder.

Op dat moment kwam De Wilde de kamer binnen.

'Sorry, dat ik stoor,' zei hij, 'maar de baas is voor je aan de telefoon.'

Ik volgde De Wilde naar de recherchekamer en nam de hoorn op.

'Versteegh, de sectie is morgen om tien uur. Dr. Rusteloos heeft mij zojuist gebeld.'

'Goed,' antwoordde ik, 'tien uur.'

'Wie van jullie gaat erheen?'

'Geert denk ik, het is zijn zaak.'

'Bekijk het maar.'

De commissaris belde af.

De Wilde kwam van achter zijn bureau vandaan. 'Gaat Geert morgen naar de sectie?' vroeg hij.

Ik haalde mijn schouders op. 'Misschien ga ik zelf wel.'

De Wilde grijnsde. 'Dat dacht ik wel,' zei hij.

'Je moet je met je eigen zaken bemoeien,' antwoordde ik scherp. Hij stak een sigaret op en blies de rook in mijn gezicht. Ik had hem op zijn boerensnuit willen timmeren. Ik mocht hem nu eenmaal niet. Maar hij liep al tegen zijn pensioen en was op één of andere manier hoger in rang. Dus hield ik mijn handen thuis. De Wilde zag de spanning op mijn gezicht.

'Luister nu eens,' zei hij. 'Ik wil me niet met jouw zaken bemoeien, dat weet je wel. Maar je legt die jongen te veel in de watten. Als hij hier aan de Warmoesstraat wil blijven, dan zal hij harder moeten worden en dat wordt hij nooit als jij zijn vuile klussies opknapt.'

'Je hebt gelijk,' zei ik en ging terug naar Geert.

Hij was weer bezig met zijn aantekeningen.

'Morgen om tien uur sectie,' zei ik.

Geert keek mij aan, maar zei geen woord.

Wij stelden een schema op voor ons proces-verbaal en toen wij daarmee klaar waren, trok ik mijn jas aan.

'Ik ga naar huis,' zei ik.

Ik had de deur al in mijn hand toen Geert van zijn stoel opstond.

'Wacht even,' zei hij.

'Wat wil je?'

Het klonk ongewild ruwer dan normaal. Het was ook een vrij overbodige vraag. Ik wist precies wat Geert wilde.

'Zeg Ap,' zei hij zacht, 'ik weet, dat het mijn taak is om morgen die sectie bij te wonen, maar zou jij willen gaan? Ik heb nog nooit een sectie bijgewoond en ik ben bang, dat ik er niet tegen kan.'

Hij keek mij bijna smekend aan.

Ik had haast 'ja' gezegd, toen ik mij de woorden van De Wilde herinnerde. Het had inderdaad geen zin om – zoals De Wilde het uitdrukte – Geert in de watten te leggen. Hoe eerder hij bemerkte, dat het beroep van rechercheur beslist onprettige kanten heeft en weinig ruimte laat voor sentimenten, hoe beter. Daarom zei ik 'neen' en trok de deur achter mij dicht.

BENEDEN in de wacht ging 't leven continu door. De telex ratelde en de wachtcommandant typte aan zijn dagelijks rapport; 24 uren wel en wee van een buurt, die nooit slaapt. Ik zou juist weggaan toen er een meisje voor de balie verscheen. De wachtcommandant keek haar over zijn bril heen aan. 'Waarmee kan ik u van dienst zijn?' zei hij. Het meisje frommelde wat nerveus aan haar sjaaltje.

'Ik ben van huis weggelopen en ik heb geen geld voor de trein om terug te gaan.'

De wachtcommandant knikte begrijpend. 'Zo,' zei hij, 'en hoe oud bent u?'

'Zestien.'

'Bent u al meer van huis weggelopen?'

Ze boog het hoofd en staarde naar een puntje van haar schoen.

De wachtcommandant kwam achter zijn schrijfmachine vandaan en legde zijn bril op het bureau. Het was een wat ongeduldig gebaar. 'En altijd naar deze buurt, he? Wat moet je hier toch in hemelsnaam zoeken?'

Het meisje zweeg.

Ik had geen zin om langer te luisteren. Zo begon het vaak. Een paar maal weglopen en dan wegblijven. Ongeruste moeders en woedende vaders. Dan toeziende voogden en goedwillende instellingen. En ten slotte een nieuwe aanwinst voor de buurt.

Ik groette de wachtcommandant en liep naar de steiger waar mijn fiets stond. Door haast verlaten straten reed ik naar de stille buurt waar ik woonde.

Toen ik mijn dienstfiets in de box zette, zag ik dat Marjan, mijn dochter, nog niet thuis was. Haar fiets stond er niet. Mijn vrouw zat in haar eentje naar de televisie te kijken. Ze groette mij zonder dat haar ogen het televisiescherm verlieten. Er was een dokter, die iets zei over kanker.

'Wat ben je laat,' zei ze.

Ik verwisselde mijn schoenen voor een paar pantoffels. Het scherm liet een vrouw zien, die met haar armen allerlei oefe-

ningen deed. De dokter vertelde, dat haar borst was afgezet.
'Waar is Marjan?' vroeg ik.
'Naar een dansavondje,' antwoordde mijn vrouw.
De dokter kwam weer op het scherm en zei met een ernstig gezicht, dat het onderzoek naar kanker moeilijk was.
'Hoe laat komt ze thuis?' vroeg ik.
'Het kan wel laat worden,' antwoordde mijn vrouw ontwijkend.
Ik liep naar de keuken en schonk voor mij zelf een kop koffie in. Toen ik terugkwam in de kamer was de dokter verdwenen en het scherm gestorven.
'Ik wist niet, dat Marjan vanavond uit was,' zei ik.
'Ik dacht, dat ik het je verteld had.'
Ze loog opzettelijk. Ze had het mij niet verteld en wist dat zelf heel goed.
'Dan is mij dat zeker door mijn hoofd geschoten,' zei ik. Ik had geen lust om te debatteren. Mijn vrouw was toch al van mening, dat ik veel te streng was voor Marjan.

Ik heb een lieve vrouw. In de twintig jaren van ons huwelijk zijn geen stormen geweest. Ze leeft, zoals vele vrouwen, een beetje buiten de realiteit. Ik heb daar zelf wel schuld aan. Ik hield de narigheid, waarmee ik dagelijks werd geconfronteerd, voor haar verborgen. Ik sprak haast nooit over mijn werk. Het was altijd mijn streven geweest om haar leven te laten voortkabbelen in de bedding van een zacht stromend beekje. Er zat een egoïstisch trekje in dat streven. Ik wilde nu eenmaal, dat de tegenstelling tussen thuis en de wereld, waarin ik werkte, zo groot mogelijk was. Een soort tegenwicht. Soms, wanneer zij zich verdiepte in zoete damesweekbladlectuur en daarvan parallellen zocht in het dagelijks leven, had ik wel eens de neiging haar te vertellen hoe vals dat allemaal was.

Nu onze dochter groot was geworden en een meer intensieve belangstelling toonde voor andere mannen dan haar vader, betreurde ik het, dat ik beiden niet wat meer uit de romantiek had getild.

Ik nam de krant en begon te lezen. Mijn vrouw deed een omstandig verhaal over de baby van een of andere buurvrouw en schonk nog een kop koffie in. Ze scharrelde nog een poosje in de kamer rond, sprak over de duurte van de groente en ging daarna naar bed.

Ik bleef zitten.

Toen ik de krant uit had, nam ik een boek. Onder het lezen keek ik zo af en toe naar de klok en mijn ongerustheid steeg naar mate de tijd verstreek.

Tegen twaalf uur kwam Marjan thuis.

Ik nam haar scherp op en trachtte iets in haar gedrag te ontdekken, wat ik niet ontdekken wilde. Ze had rode blosjes op haar wangen en zag er lief uit.

'Dag Paps,' zei ze. Ze trok haar onderlip omhoog in een dwaze grimas. 'Kijk niet zo rechercheur-achtig, je bent hier niet op bureau.'

Ik lachte.

Ze kwam naar mij toe, gaf mij een zoen en zei: 'Welterusten.'

Ik keek haar na toen ze de kamer verliet. Ik wilde haar terugroepen om haar het verhaal van Mientje te vertellen, maar omdat ik betwijfelde of dat wel een juiste pedagogie was, deed ik het niet.

Via Mientje flitsten mijn gedachten naar Geert en ik vroeg mij af of hij vannacht met de sectie in het vooruitzicht wel prettig zou slapen. Ik dacht van niet.

Ik legde mijn boek weg en besloot om voor alle zekerheid de volgende morgen maar op tijd bij het sectielokaal te zijn.

Geert keek verbaasd, toen hij mij zag staan.

'Goedenmorgen,' zei hij. 'Ik wist niet, dat je zou komen.'

'Ik was het ook eerst niet van plan,' antwoordde ik. 'Maar als je bezwaar hebt, ga ik weer weg.'

'O neen. Ik ben eerlijk gezegd blij, dat je er bent.'

'Het is je eerste sectie, he?'

'Ja,' zuchtte hij benepen.

Ik lachte hem vriendelijk toe.

'Kop op,' zei ik. 'Geloof me, het went vanzelf.'

Wij haalden de sleutel en openden de deur van het sectielokaal. Het is een smal rechthoekig vertrek met een koelkast, waarin de lichamen tijdelijk kunnen worden geborgen. In het midden staat een granieten snijtafel, die enigszins schuin afloopt. Wij hadden nog niet zo lang de beschikking over een eigen sectielokaal. Dat was eerst van de laatste tijd. Vroeger waren wij altijd te gast bij de afdeling anatomie van het Wilhelmina Gasthuis, waar dr. Pampe de secties verrichtte. Ik bewaar prettige herinneringen aan dr. Pampe. Hij was een geduldig man, die tijdens de secties mijn nieuwsgierigheid volledig bevredigde en als hij kon antwoord gaf op de vragen, die ik hem over het inwendige van de mens stelde.

Ik heb in de loop der jaren tientallen secties bijgewoond en ik heb het interieur gezien van mannen, vrouwen, jong en oud, die op de meest uiteenlopende manieren om het leven waren gekomen. Ik herinnerde mij nog levendig de eerste sectie, die ik beroepshalve moest meemaken. Het betrof een jongetje van twee jaar, dat door zijn moeder om onbegrijpelijke redenen was vergiftigd. Het was een mooi kindje met krullen in kastanje-bruin haar. Het lag daar zo vredig op de snijtafel, alsof het sliep. Toen de patholoog-anatoom het mes in het lichaampje zette kneep ik mijn beide ogen stijf dicht. Ik rook de weeë lucht van een desinfecterend middel en voelde hoe het bloed uit mijn hersenen wegtrok naar mijn maag, die opstandig reageerde. Het duurde maar even. Ik deed mijn ogen open en keek over het lichaampje heen naar de dokter, die zijn eerste snede al had gemaakt. Ik zag hoe rustig en geconcentreerd hij werkte. Ik besefte toen, dat het ook voor hem eens de eerste keer moest zijn geweest en vroeg mij af of hij zich toen ook zo ellendig had gevoeld. Hoeveel had hij meegemaakt voordat hij die rust had bereikt? Toen zuchtte ik eens diep, keek toe, en bleef kijken.

Dat alles speelde door m'n hoofd toen wij beiden in 't sectielokaal op de komst van dr. Rusteloos en zijn assistent wachtten. Geert was nerveus. Hij liep onrustig in het lokaal heen en weer. Zijn voetstappen klonken hol en weerkaatsten tegen de betegelde muren.

Ik stak een sigaret op. Na het eerste trekje staarde ik naar de sliertjes rook, die in onregelmatige spiraaltjes omhoog dansten. Ik voelde mij rustig. Vroeger was ik ook nerveus en rookte tijdens zo'n sectie de ene sigaret na de andere.

Geert keek op zijn horloge.

'Ze zijn al vijf minuten te laat,' zei hij geprikkeld. Hij wilde het sectielokaal verlaten om te gaan kijken of dr. Rusteloos al in aantocht was, maar ik riep hem terug.

Ik begreep heel goed, dat het kale vertrek met die sinistere snijtafel in het midden en de geur van lysol en carbol Geert benauwden. Ik begreep dat maar al te goed. Toch was het geen sadistisch plagerijtje, dat ik hem terugriep. Ik wilde hem slechts dwingen om zijn gedachten op zijn werk te concentreren. Daarom vroeg ik of hij al contact had gehad met de begrafenisondernemer.

'Neen,' zei Geert, 'dat komt vanmiddag wel.'

'Weet je, dat de kist verzegeld moet worden?'

'Ja, dat weet ik.'

'Heb je de zegels?'

'Ja,' riep hij snauwerig, 'ik heb aan alles gedacht.'

'En de potjes?' vroeg ik kalm.

'Potjes?'

'Ja, voor het laboratorium. Dr. Rusteloos heeft ze straks nodig voor de urine en de inhoud van maag en darmen.'

Geert keek mij angstig aan. 'Dat heb ik vergeten.' Hij bracht van schrik een hand voor zijn mond. 'Wat stom,' mompelde hij. 'Maar wat doen we nu? De dokter kan elk ogenblik hier zijn.'

Ik grijnsde een beetje.

'Ik dacht wel, dat je wat vergeten zou,' zei ik. 'Daarom heb ik vanmorgen thuis al gebeld. Wees maar gerust; ze zijn er. Ze staan in het kastje.'

Ik zag hoe de uitdrukking op zijn gezicht veranderde. Ik had op z'n minst verwacht, dat hij mij zou bedanken, maar dat deed hij niet. Hij kwam vlak bij mij staan en zei tartend: 'Jij denkt ook aan alles, he.'

'Ik probeer het.'

'Jij hebt aan de potjes gedacht.'

'Ja.'

'Jij hebt de potjes niet vergeten.'

'Neen,' antwoordde ik gelaten.

Ik kende deze manier van ondervragen. Het is een soort verhoortechniek, die wij bij de recherche wel eens toepassen om tot een imponerende climax te komen. Het amuseerde mij, dat Geert deze techniek op mij toepaste en daarom speelde ik het spelletje mee, hoewel ik nog niet begreep waar hij heen wilde.

'Jij hebt zeker vannacht rustig geslapen,' ging hij verder.

'Ik wel,' zei ik en keek hem aan.

Enigszins tot mijn verbazing zag ik, dat Geert geen spelletje speelde. Hij leek doodernstig. Zijn gezicht stond strak.

'Ik niet,' schreeuwde hij. 'Ik heb geen oog dicht gedaan. Ik heb de hele nacht aan Mientje moeten denken. Hier aan Mientje.' Hij sloeg met zijn vuist op de koelkast.

'En,' vroeg ik kalm, 'heeft het wat geholpen?'

'Wat bedoel je?'

'Heeft jouw slapeloze nacht Mientje tot nieuw leven gewekt of is ze nog zo dood als gisteren?'

Het was maar gelukkig, dat op dat moment dr. Rusteloos en zijn assistent binnenkwamen. Geert zag eruit alsof hij mij naar de keel zou vliegen.

Ik liep bij hem vandaan en begroette dr. Rusteloos. Zijn onafscheidelijke assistent verspeelde geen tijd aan begroetingen maar begon onmiddellijk de ontleedmessen in slagorde te leggen. De dokter vroeg naar bijzonderheden en ik antwoordde zo luid en duidelijk mogelijk. Dr. Rusteloos is namelijk enigszins hardhorend, waardoor de conversatie wat stroef verloopt. Maar hij is, voor zover ik dat kan beoordelen, een kundig man. Hij kan bogen op een zeer rijke ervaring. Toen ik hem eens vroeg hoeveel gerechtelijke secties hij in zijn leven al had verricht, zei hij lachend: 'Als ze allemaal nog leefden zou je er een flink dorp mee kunnen bevolken.'

De assistent hielp de dokter in zijn witte jas en bond hem een gummischort voor. Ik verbrak de verzegeling van de koelkast en hielp mee om het lichaam van Mientje op de snijtafel te leggen. De dokter deed zijn gummihandschoenen aan. Om te voorkomen, dat zijn vingers tijdens het werk zouden uitglijden, trok hij daaroverheen nog een paar katoenen net-handschoenen en sprak over het weer, waardoor de wegen nogal glad waren. 'Onderweg zijn wij nog bijna met de wagen geslipt,' zei hij.

Nadat hij het lichaam van Mientje had betast en bekeken, pakte hij een mes en maakte twee sneden; elk beginnend vanaf een schouder en eindigend even boven het borstbeen. Vandaar gleed zijn mes over borst en buik naar beneden.

Ik keek naar Geert. Hij stond wat achteraf met een bleek gezicht.

De dokter werkte gestaag door. Zijn manipulaties met het mes hadden zoveel zekerheid, dat onwillekeurig de gedachte bij mij opkwam, dat hij wel in staat zou zijn om een sectie te verrichten met een blinddoek voor. Toen de assistent toebereidselen maakte om de hoofdhuid los te snijden, wist ik, dat nu het meest weerzinwekkende gedeelte zou beginnen.

Ik liep naar Geert. Hij keek met wijdopengesperde ogen toe. Ik zag kleine zweetdruppeltjes op zijn bovenlip.

'Hoe voel je je?' vroeg ik.

'Misselijk,' antwoordde Geert.

'Ga maar even naar buiten, dan zakt het wel.'

Ik had gehoopt, dat hij 'neen' zou zeggen en door zou bijten, maar hij draaide zich om en verliet met een gebogen hoofd het sectielokaal. Ik keek hem na en vroeg mij af of er uit hem ooit een bruikbare rechercheur zou groeien. Hij was intelligent genoeg, maar te weinig aangepast aan de realiteit van het leven. Hij zou een goede boekhouder kunnen zijn, die 's avonds thuis in zijn krantje rustig van misdaden leest en zijn hoofd schudt over al dat kwaad in de wereld. Maar om dat kwaad te aanvaarden als een realiteit en om in en met die realiteit te werken, daarvoor was hij volgens mij toch te gevoelig.

Toen Geert het lokaal verliet, keek dr. Rusteloos even op. Hij glimlachte. 'Een nieuweling zeker?'

Ik knikte.

Het onderzoek duurde ditmaal maar goed twee uur. De dokter had haast. 'Ik heb er nog één in Amersfoort,' vertrouwde hij mij toe, 'en ik wil vanavond toch niet te laat thuis zijn.' Na afloop verliet ik met de potjes het sectielokaal. Ik verwachtte Geert buiten aan te treffen, maar hij was er niet. Ik bracht de sleutel terug bij de wachtcommandant van de Motordienst, die het beheer over het lokaal voert en stapte vandaar naar het Hoofdbureau, waar ik de potjes op het laboratorium afleverde.

Drs. Beskes, onze politiedeskundige, ontving mij hartelijk, zoals altijd. Hij was een beminnelijk mens, van wie men als rechercheur alle hulp kon verwachten. Wanneer ik hem in het laboratorium tussen zijn uitgebreide apparatuur zag scharrelen, deed hij mij altijd denken aan een goedaardige middeleeuwse alchimist, op zoek naar goud. Maar ik bewonderde hem. Hij had een enorme kennis van de wetenschappelijke speurkunst en hield zich voortdurend op de hoogte van de nieuwste ontwikkelingen. Hij had de terughoudendheid van een geleerde en sprak daarom zijn conclusies slechts aarzelend uit. Daarom had hij wel eens moeilijkheden met de Justitie, die niet van aarzelingen hield en slechts naar naakte harde feiten vroeg. Mijn respect voor hem was door de jaren heen gegroeid. Hij verrichtte soms wonderen met de geringste spoortjes en menig succesje had ik aan hem te danken.

'Zo Versteegh,' zei hij, 'wat heb je nu weer voor me.'

'Iets van een lijk,' antwoordde ik en wees naar de potjes. Ik deed hem uitvoerig verslag van de omstandigheden, waaronder ik het lichaam van Mientje had aangetroffen. 'Ik denk aan zelfmoord,' zo besloot ik.

Hij maakte enige aantekeningen.

'Enig idee, waarnaar ik zoeken moet?'

'U hebt van Meulenaar een glas gekregen met tabletresten en dan heb ik hier nog een paar lege buisjes, die ik in het kamertje heb gevonden.'

Hij nam de buisjes van mij over en bekeek ze.

'Rotspul,' zei hij. 'Ze moesten het verbieden, dat iedereen maar zo elke willekeurige apotheek of drogisterij kan binnenstappen en die rommel kan kopen.' Hij schudde zijn hoofd. 'Het wordt tijd, dat er iets aan gedaan wordt.' Hij klopte op mijn schouder. 'Maar daar kan jij niets aan doen.'

Hij deed de buisjes in een kastje, waarin ook reeds het glas stond en sloot het af.

'Ik zal dit wel bekijken,' zei hij. 'Je hoort nog van me.'

Ik ging terug naar ons bureau aan de Warmoesstraat. Op de recherchekamer was het zo als altijd rumoerig en druk. Een dronken man lalde iets over een meisje, dat hem had bestolen en een krijsende vrouw vertelde, dat zij door 'r eigen man was mishandeld. De koffiepot stond op. Ik was eerst nog van plan om een kop te nemen, maar ik bedacht, dat die koffie al vanaf acht uur stond te pruttelen.

Geert zat achter zijn bureau te werken. Toen hij mij zag binnenkomen, kwam hij naar mij toe.

'Ik heb maar niet gewacht,' zei hij verontschuldigend.

'Het hindert niet,' antwoordde ik gelaten.

Hij kwam wat dichter bij mij staan.

'Zeg het maar niet tegen hem,' zei hij met een knikje in de richting van De Wilde, die in gesprek was met een huilende vrouw.

'Hoezo?'

'Hij vroeg mij of ik naar de sectie was geweest en ik heb "ja" gezegd.'

'Wel, je was er toch!'

Geert zuchtte. 'Je weet best wat ik bedoel.'

'Laten we er maar niet meer over praten,' zei ik. 'Doe je jas aan. We gaan naar Bobby Brakel.'

Toen wij de recherchekamer afliepen, riep De Wilde mij. Ik dacht, dat hij weer over Geert wilde beginnen en zette mijn stekels al op. Maar dat was het niet.

'Ik geloof,' zei hij, 'dat die vrouw mij een valse naam heeft opgegeven. Ken jij haar misschien.'

Hij wees naar de vrouw, die naast zijn bureau zat. Ze huilde nog steeds.

'Waar heb je haar voor?'

'Winkeldiefstal.'

Ik meende haar te kennen, maar het legertje zondaars en zondaressen, dat de stoep van bureau Warmoesstraat heeft uitgesleten is zo groot, dat het haast ondoenlijk is om al die gezichten te onthouden. Ik keek haar eens strak aan.

'U bent hier toch meer geweest?' zei ik.

Ze boog het hoofd als een bekentenis.

'Vertel maar de waarheid,' moedigde ik aan. 'Geloof mij, het is het beste.'

'Maar mijn man,' snikte ze. 'Als hij het hoort.'

De Wilde kwam naast mij staan. 'Als uw man van u houdt,' zei hij, 'is ook dit geen bezwaar.'

We lieten De Wilde met zijn winkeldievegge alleen en verlieten het bureau. Voor de deur kwamen we de oude De Rooy tegen. Hij had een jongeman bij zich, die nogal schuldig keek. De Rooy was een gepensioneerde rechercheur, die nu buiten zijn pensioen nog een baantje had als controleur in een groot hotel. Toen ik pas bij de recherche kwam, werd De Rooy al bijna gepensioneerd. Omdat hij zoveel ouder was, noemde ik hem 'Ome Jan' en dat was altijd zo gebleven.

Hij liet zijn grote gele tanden zien en zei opgewekt: 'Zo mijn jong, weer op oorlogspad?'

'Je bent het zelf ook nog niet verleerd,' zei ik, doelende op de jongeman, die hij bij zich had. Hij boog zich naar mij toe. 'Een heel slecht knapie,' fluisterde hij mij in het oor. 'Ik heb in het hotel maandenlang op hem zitten loeren, voordat ik hem had. Een bar slechte hoor.'

'En breng je hem alleen over straat van het hotel hierheen?'Hij liet een soort triomfantelijk gegrinnik horen. 'Ome Jan staat zijn mannetje nog best.' Toen stapte hij met zijn prooi het bureau binnen.

Ome Jan, dacht ik, mensenjager tot de dood er op volgt.

In de oude binnenstad gingen de eerste barretjes al open. Tot vier uur 's middags waren de meeste gesloten. Het ware leven begon hier pas in de namiddag. We liepen eerst langs de gracht. Ik wilde zien of Bobby thuis was. Als zijn wagen niet op de gracht stond had het geen zin om naar zijn woning te gaan. Dan was hij toch niet thuis. Maar zijn wagen stond er; een fel rode MG met veel chroom.

Ik vroeg mij af aan hoeveel mannen Mientje zich had moeten verkopen om die wagen te kunnen bekostigen, benzine en onderhoud niet meegerekend.

'Dit is de wagen van Bobby,' zei ik tegen Geert. 'Prent die kar goed in je geheugen. Je weet nooit hoe het je nog eens te pas komt.'

De buitendeur van Bobby's woning stond op een kier. Ik was hier meer geweest en wist hoe het huis er van binnen uitzag. Ik duwde de deur verder open. Het was stikdonker in de lange gang.

'Is hier geen licht?' vroeg Geert.

Ik wees hem op een schakelaar, die wanneer men de deur van buiten af opendeed, niet te zien was. Maar wanneer men wist waar de schakelaar zat, kon men hem in het schaarse licht, dat door de kier van de deur drong, wel vinden. Geert wilde de schakelaar omdraaien. 'Doe het maar niet,' zei ik. 'Het licht gaat toch niet branden. Bobby heeft het van binnen uitgeschakeld.'

Geert vroeg niet verder en ik had ook geen zin om hem de schakeling van het licht in de gang precies uit te leggen. Ik had het zelf eens bij toeval ontdekt, toen ik tijdens de afwezigheid van Bobby, geheel in strijd met de Wet, eens in zijn woning was gaan neuzen.

Half op de tast liepen wij door de lange gang, die ongeveer in het midden een kleine knik had. Aan het einde van de gang lag de kamer van Bobby. Er scheen licht van onder de kier van de deur. Ik klopte. Het duurde even voordat de deur van het slot werd gedraaid en openzwaaide. Het was Bobby zelf, die opendeed. Toen hij mij zag grijnsde hij.

'Kom binnen Versteegh, wat verschaft mij het genoegen?'

Ik negeerde zijn spottende toon en stelde zeer formeel en overdreven hoffelijk Geert aan hem voor.

'Zo,' zei hij, 'meneer heeft hulp gekregen.'

Hij liep naar de divan en ging er lui op liggen, zijn handen onder zijn hoofd. 'Nemen jullie maar een stoel,' zei hij.

Bobby Brakel was in zijn soort een knappe man. Hij had een mat bleek gezicht met diep zwart haar, dat glansde van de pommade. Zijn donkere ogen waren voortdurend in beweging. Het leek alsof hij ze geen tijd gunde om hun blik ergens wat langer op te laten rusten. Zijn borst en schouders waren breed en vol, waardoor hij een wat vadsige indruk maakte. Bobby was nog geen dertig jaar oud, maar had in feite al een heel leven achter de rug. Hij was al een erkend souteneur, toen hij nog geen achttien jaar oud was. In hoeverre men Bobby voor dat alles verantwoordelijk kon stellen, was een open vraag, die misschien alleen door een psychiater kon worden beantwoord.

Hij was opgegroeid in het milieu van de onderwereld en had nooit iets anders gekend. Zijn vader was een kastelein en zo rond de jaren dertig een berucht heler. Zijn moeder hield tegelijkertijd een bordeel, waar een ploegje van acht meisjes in wisselende diensten bij dag en nacht klantjes ontving. Het ging, zo men dat noemt, om het 'halvie', wat betekende, dat de meisjes van hun ontvangsten de helft aan Ma Brakel moesten afdragen. Ze had rijk kunnen worden, want ze hield de zaakjes streng gescheiden, zodat haar man, die ze niet ten onrechte van ontrouw verdacht, niet van haar 'business' kon profiteren. Dat was een unicum in de buurt en men fluisterde dan ook, dat ze een directoir droeg met een gulp. Maar Ma Brakel dronk, of eigenlijk, ze dronk niet, maar ze zoop. Toen ze aan een leveraandoening stierf vond men onder haar bed zo'n grote verzameling flessen, dat men er, wanneer ze nog vol waren, een goedlopend buurtcafeetje maandenlang mee zou kunnen bevoorraden. Bobby was toen acht jaar. Na de dood van zijn vrouw verkocht Pa Brakel het café annex bordeel en vertrok met een jong vrouwtje naar Zuid-Amerika. Niemand heeft ooit meer iets van hem gehoord.

Bobby bleef achter bij Ouwe Keetje, een wat belegen prostituée, die zich zijn lot aantrok. Ze was een zonderling vrouwtje, op wie eigenlijk niemand lette. Ouwe Keetje had maar de beschikking over één peuterig kamertje, waarin ze haar huishoudinkje dreef en haar klantjes ontving. Overdag was dat geen bezwaar, dan zwierf Bobby langs de straat, maar wanneer ze 's avonds klantjes ontving of nachtvolk had, dan stopte ze Bobby onder haar bed, waar hij moest wachten tot de klantjes weer waren vertrokken. Men kon dat alles Ouwe Keetje moeilijk kwalijk nemen. Ze had de jonge Bobby bij zich genomen, omdat er toch iemand voor het kind moest zorgen. Ze verdiende ook niet veel. Met de jaren was haar schoonheid verlept, zodat ze nog slechts met moeite zo af en toe nog een klantje kon paaien. Daarom had ze ook geen geld om Bobby uit te besteden bij 'nette mensen'.

Toen Ouwe Keetje stierf pleegde Bobby een inbraak en kocht van de opbrengst bloemen op haar graf; niet omdat hij van haar had gehouden, maar omdat hij vond, dat hij haar iets schuldig was. Hij werd gepakt, kwam terecht in de molen van het Gerecht, en zat gemangeld zijn straf uit. Sinds die tijd stamde zijn haat tegen politie en alles wat daarmee samenhing. Van de gevangenis ging hij terug naar de buurt en zocht zich een vrouwtje, dat bereid was om voor hem te gaan 'zitten'.

Hij had een bijzondere aantrekkingskracht voor vrouwen. Ze waren bereid om alles voor 'm te doen en Bobby maakte daar handig gebruik, of beter gezegd, misbruik van. Om de aantrekkelijkheid van z'n beschermelingen op peil te houden, zocht hij steeds nieuwe slachtoffers. Hij voelde bij intuïtie welke meisjes hij zo ver kon brengen.

Er was niet veel in het leven van Bobby Brakel, dat ik niet op een of andere manier aan de weet was gekomen. En Bobby wist dat. Hij wist ook, dat ik al jaren bezig was om voldoende bewijzen tegen hem te verzamelen. Ik hoopte, dat hij vandaag of morgen een fout zou maken. Maar Bobby was sluw. Om mij de kans te ontnemen iets tegen hem uit te richten was hij destijds met de minderjarige Mientje getrouwd en had haar op die manier de status van meerderjarigheid gegeven, zodat mijn plannetje niet doorging. Ik zei al, Bobby was sluw. Ook nu voelde ik achter die air van nonchalance de sluwe achterdocht, die hem voortdurend op zijn hoede deed zijn.

'Wij komen je condoleren met het verlies van je vrouw,' zei ik. 'Iemand zal het je toch wel verteld hebben.'

'Ik wist het al voordat u het wist.'

'Dat is dan interessant,' zei ik.

'U moet niet zo snel denken,' antwoordde hij scherp. 'Henk van "De Ronde Stuiver" belde mij op en vroeg wat hij doen moest. Ik heb hem toen gezegd, dat hij de politie moest waarschuwen. Ziet u, zodoende wist ik het.'

'Waarom vond Henk het dan zo nodig om jou te bellen?'

Hij ging op zijn zij liggen en keek mij lichtelijk geamuseerd aan.

'Misschien wist Henk wel hoeveel ik van haar hield.'

Hij zei het op zo'n spottende toon, dat Geert van zijn stoel opsprong en een stap in de richting van de divan deed.

Bobby zat met een ruk overeind.

'Weinig beheersing, he?' zei hij dreigend.

Geert ging op een wenk van mij weer zitten.

Ik haalde de afscheidsbrief van Mientje uit mijn binnenzak. 'Ze heeft je nog geschreven,' zei ik en overhandigde hem de brief. Hij pakte de brief van mij aan en legde hem naast zich neer.

'Moet je hem niet lezen?'

Hij stak een sigaret op en blies de rook naar de zoldering.

'Ik kan wel raden wat er in staat,' zei hij. 'Een hoop hysterisch gewauwel.'

Ik stond van mijn stoel op en liep de kamer rond. Bobby volgde mij met zijn blik. Bij het metalen verbandkastje aan de muur bleef ik staan. Ik opende het deurtje en bekeek de inhoud. Tussen potjes zalf en doosjes verbandgaas vond ik een buisje slaapmiddelen. Met het buisje in mijn hand liep ik langzaam naar Bobby, die nog steeds op de divan zat.

'Het zijn dezelfde tabletten, die Mientje naar de andere wereld hebben geholpen,' zei ik sarcastisch.

Bobby sprong op. Hij was woedend.

'Luister eens Versteegh,' schreeuwde hij. 'Je moet eens ophouden met je kunstjes. Ik weet, dat je mij zoekt, al jaren. Maar als jij denkt dat je mij de dood van Mientje in mijn schoenen kunt schuiven, dan heb je het mis.'

'We zullen wel eens zien,' zei ik kalm.

De ogen van Bobby vernauwden zich. Zijn inbleke huid leek nog witter dan normaal. Ik zag een blauwe ader in zijn hals kloppen. 'Je hebt een dochter Versteegh.' Hij sprak zacht, dreigend en keek mij strak aan. 'Mijn complimenten, het is een knappe meid. Hoe was haar naam ook weer? O ja, Marjan.' Hij klakte met zijn tong. 'Ze zou geen slecht figuur slaan in de buurt, vind je niet?'

Het was alsof er plotseling iets in mij veranderde, of er van binnen iets knapte. Mijn bloed perste zich door de nauwste vaten en door een rode waas zag ik het grijnzende, gluiperige gezicht van Bobby voor mij. Ik dacht niet meer. Mijn hersenen waren uitgeschakeld. In een explosie van woede, greep ik hem bij zijn keel, gedreven door een wilde moordlust.

Het duurde maar even. Nog voordat Geert had kunnen ingrijpen, had ik mij alweer in bedwang en liet hem los.

Bobby wreef met zijn handen langs zijn pijnlijke hals. Zijn gezicht zag spierwit en zijn ogen puilden uit de kassen.

'Dat kost je je baan,' zei hij hijgend. 'Ik zal morgen mijn beklag doen bij de commissaris.'

Toen Geert en ik door de donkere gang liepen, hoorden wij hem lachen. Het klonk als een uitdaging.

BUITEN op de gracht ademde ik eens diep uit. Ik had behoefte om de verdorven lucht uit mijn longen te pompen. Ik verweet mij zelf, dat ik juist tegenover Bobby Brakel mijn zelfbeheersing had verloren. Van binnen trilde ik nog een beetje na.

Geert keek mij van terzijde aan en lachte.

'Ik ben blij, dat ik dit heb meegemaakt,' zei hij. 'Ik had je nog nooit zo gezien. Ik had niet gedacht, dat je daartoe in staat was. Je was gewoon menselijk.'

Ik keek hem niet begrijpend aan.

'Ja, je was altijd zo ijzig kalm, zo koel en beheerst, dat het soms op mijn zenuwen werkte. Ik heb nu gezien, dat het maar een pose is. Je bent net zo emotioneel als ik.'

Ik schudde mijn hoofd. 'Het was stom. Ik begrijp het nog niet. Ik had mij zelf beter in bedwang moeten houden. Ik heb hem nu een machtig wapen tegen mij in handen gegeven.'

'Och,' zei Geert. 'Over die klacht zou ik me maar geen zorgen maken. Wat dat betreft sta ik achter je.'

'Het is niet die klacht, daar ben ik niet bang voor. Ik geloof niet, dat Bobby het zal wagen een klacht tegen mij in te dienen. Hij is handig genoeg om te begrijpen, dat een dergelijke klacht zonder getuigen ook voor hemzelf niet zonder gevaar is. Neen, ik ben bang voor Marjan.'

'Maar voor Marjan behoef je toch niet bang te zijn. Het is jouw dochter.'

'Nou, en...'

'Nou, en...? Je kent je eigen kind toch wel?'

Ik zuchtte.

'Het is juist de fout van de meeste ouders, dat ze menen hun eigen kinderen te kennen. Dat maken we dagelijks mee. Hoe vaak hoor je niet: "Mijn kind, neen, mijn kind doet zo iets niet". En intussen zijn het de grootste schoffies. Neen, Geert, ik ben realist genoeg om te beseffen, dat mijn dochter geen haar beter of slechter is dan de andere meisjes van haar leeftijd. Bobby is een knappe man, met voor vrouwen innemende maniertjes. Hij heeft een mooie sportwagen en een zee van tijd. Het feit, dat hij uit een slecht milieu komt heeft voor sommige meisjes en vrouwen zelfs een bijzondere bekoring.

Ook Mientje wist wie Bobby Brakel was en toch trouwde ze met hem. Toen Bram en ik haar trachtten over te halen om een verklaring tegen hem af te leggen, weigerde ze demonstratief en nam hem zelfs in bescherming. Vrouwen zijn wonderlijke wezens.

Denk nu niet, dat je op het punt van de liefde in hun gedachten en handelen enige logica kunt vinden.

Toen ik hier pas in de buurt kwam werken en met de verhouding prostituée-souteneur in aanraking kwam, begreep ik er geen draad van. Toen ik hier een jaar of twee had rondgeneusd, dacht ik er iets van te snappen. Nu, tien jaar later, moet ik bekennen, dat het mij nog even onduidelijk is als toen ik hier begon. Ik ken de uiterlijke verschijnselen en ik sta er niet meer vreemd tegenover. Maar begrijpen doe ik het nog steeds niet.'

Geert zweeg. Pas na een poosje zei hij: 'Maar als jij het na zoveel jaren nog niet begrijpt, wat moet ik dan? Ik begin pas.'

Ik moest onwillekeurig lachen om het ongelukkige gezicht, dat hij trok. 'Maak je geen zorgen,' zei ik. 'Wij zijn maar eenvoudige rechercheurs en van ons wordt niet zoveel begrip verwacht. Je moet alleen toekijken en opletten. En mocht er ergens van binnen bij je een gevoel van menselijkheid beginnen te kriebelen, verschuil je dan achter de Wet.' Ik maakte een grimas. 'Weet je Geert, de Wet met een hoofdletter.'

We slenterden langs de gracht. De vrouwen achter de ramen knikten ons vriendelijk toe en trokken hun rokken wat verder naar de knie. Achter hun rug brandde een elektrisch straalkacheltje, want het was koud en nattig. Ik kende ze allemaal; de zwarte Marietjes, de rooie Kitties, de blonde Jopies, de Haagse Hennies en Utrechtse Beppies. Ik wist wat er over hen, in starre ambtelijke stijl, in de politierapporten stond geschreven. Maar ik kende ook brokstukken uit hun leven, verteld door hen zelf in vertrouwelijke gesprekken. Ik voelde geen afschuw, geen haat, geen minachting. Waarom ook? Er zijn twintig eeuwen verlopen sinds iemand zei: 'Wie zonder zonden is werpe de eerste steen.' En er is sindsdien niet zoveel veranderd.

Ik had trek in koffie en daarom stapten wij aan het eind van de gracht het koffiehuis van Dirk Hogervliet binnen. Dirk was een vriend van de politie, hetgeen gelukkig voor hem maar weinigen wisten. Soms, wanneer ik het hem vroeg, verzamelde hij inlichtingen voor mij. Zijn koffiehuisje werd door de penose druk bezocht en Dirk had scherpe oren. Om hem niet in moeilijkheden te brengen, maakte ik van zijn diensten maar weinig gebruik. Dirk had ten slotte een gezin en moest van de inkomsten van zijn koffiehuisje leven. Als men erachter kwam, dat men bij Dirk op zijn woorden moest letten, dan kon hij zijn zaakje wel sluiten.

Dat was nu juist de moeilijkheid in de buurt. Ik kende genoeg goedwillende mensen, die bereid waren mij iets te vertellen, maar dan onder vier ogen en wanneer hun naam maar niet werd genoemd. Zo was het ook met Dirk.

Geert en ik gingen aan een tafeltje achteraf zitten en keken het zaaltje rond. Het was gezellig ingericht. Een beetje oudhollands met gordijntjes van Brabants-bont. Er waren nog niet veel bezoekers. Dirk tapte zonder iets te vragen twee koppen koffie. Toen hij de koffie voor ons op het tafeltje neerzette, gaf hij mij een verholen knipoogje. Ik wist wat dat betekende. Dirk had mij iets te vertellen. Om geen argwaan te wekken begon ik rustig aan mijn koffie te lurken. Ik wist niet of Geert het knipoogje had gezien. In ieder geval kende hij de betekenis niet.

'Is het waar,' zei hij, 'zit je nu werkelijk al jaren achter Bobby Brakel aan?'

'Zo zou je het kunnen noemen,' antwoordde ik. 'Het is natuurlijk niet zo, dat ik mij alleen met Bobby bezighield. Ik had wel wat anders te doen. Ik heb in de laatste jaren honderden zaken behandeld. Maar ik hield hem in het oog.'

Ik schoof mijn koffie iets opzij en leunde met mijn ellebogen op tafel. 'Het is voor ons, rechercheurs, vaak zo moeilijk om je zelf en je werk uit elkaar te houden. Ik heb het altijd geprobeerd. Maar je komt zo vaak in aanraking met dingen, die je persoonlijk treffen. Dan wordt het moeilijk, want als in je werk persoonlijke motieven een rol gaan spelen, ben je niet objectief meer. Dan is het niet meer 'zonder aanzien des persoons' zoals de ambtsinstructie voorschrijft. En dat is gevaarlijk; niet alleen voor je zelf, maar ook voor die ander, tegen wie je een persoonlijke grief voelt. Je bent dan geneigd om misbruik te maken van je positie.'

Ik stak een sigaret op.

'Ik heb daar vaak tegen moeten vechten. Het Recht wordt verondersteld een blinddoek te dragen en alleen de feiten tegenover elkaar af te wegen. Maar ik draag geen blinddoek. Ik zie en ik hoor.

En als je jaren in deze buurt werkt, dan zie en hoor je een heleboel. Neem bij voorbeeld een man als Bobby Brakel. Een individu zonder enige moraal. Zelfs volgens de ongeschreven code van de buurt, die toch gerust wel wat ruimte overlaat voor het menselijk gedrag, is hij een outlaw. Maar wat kunnen wij tegen hem ondernemen? Niets. Iedereen weet, dat hij leeft van de ontucht en dat hij meisjes en vrouwen zonder scrupules naar de prostitutie drijft en wij staan er machteloos tegenover.'

Geert zuchtte. 'Dus zo'n man als Bobby Brakel kan maar rustig zijn gang gaan, zonder dat wij er ook maar iets tegen kunnen doen.'

Ik knikte.

'Zo is het. Daarom ben ik bang voor Marjan. Ik neem wel aan, dat Bobby mij alleen maar bang wilde maken. Hoewel, je weet het nooit. Het is natuurlijk niet zo moeilijk om erachter te komen, dat ik een achttienjarige dochter heb, die Marjan heet. Maar ik ben er toch niet gerust op. Alleen al de gedachte, dat hij de naam Marjan ergens in zijn achterhoofd heeft zitten, vind ik niet prettig.'

Ik keek naar het jonge gezicht van Geert, de blauwe ogen en het wilde blonde haar. Ik mocht hem wel en in een plotselinge opwelling zei ik: 'Je moest eens bij mij thuis komen. Marjan is een knap meisje. Je zult haar beslist aardig vinden.'

Geert, die peinzend met zijn lepeltje in de koffie had geroerd, keek op. Zijn gezicht stond ernstig.

'Je bedoelt, dat ik je kan helpen om haar te beschermen.'

Het duurde even voordat ik antwoordde. Ik was verrast, dat hij direct de diepere achtergrond van mijn invitatie had aangevoeld.

'Ja,' zei ik loom, 'ook dat.'

Ik voelde mij moe. Ik had de laatste tijd ontzettend veel werk verzet en weinig nachtrust gekregen. De voortdurende spanningen hadden mijn weerstand ondermijnd. Maar de loomheid, die ik voelde, kwam hoofdzakelijk voort uit het feit, dat ik mij er voor het eerst van mijn leven van bewust was, dat ook mijn gezin de risico's van mijn vak droeg. Ik had mij dat nooit goed gerealiseerd. Ik had mij altijd gevoeld als een tuinman; een wieder van het onkruid in de tuin van onze samenleving. Het had mij persoonlijk nooit zo sterk aangegrepen. Het was eigenlijk nogal simpel. Ik hoefde alleen maar op onkruid te letten. En wat onkruid was, dat stond in het Wetboek van Strafrecht. Naast mijn werk had ik mijn gezin. Maar dat was wat anders. Mijn vrouw en dochter hadden een eigen wereldje. In dat wereldje had ik persoonlijk een plaats. Mijn werk viel daarbuiten. Dat werk lag in een andere wereld; een wereld, waarin mijn vrouw en dochter niet thuishoorden. Daarom was ik zo kwaad geworden en had ik mijn zelfbeheersing verloren, toen Bobby de naam van Marjan noemde. Hij had die twee wereldjes, die ik zo angstvallig gescheiden hield, samengebracht. Mijn leven had ik op het bestaan van die twee wereldjes gegrondvest. Ik had, wanneer het werk mij te veel werd, mij altijd binnen de veilige beslotenheid van dat tweede wereldje kunnen terugtrekken.

Bobby had mij doen beseffen, dat wat ik als mijn grootste kracht beschouwde, tevens mijn zwakheid was; namelijk mijn gezin, waarvoor ik wroette in de vuiligheid van anderen. Daarom had ik Bobby bij de keel gegrepen. Ik had mij bedreigd gevoeld.

Men had wel eens met een pistool voor mij gestaan en heethoofden hadden uitgekreten, dat ze voor mij wel tien jaar gevangenisstraf over hadden. Maar dat had mij nooit bijzonder verontrust. Dat waren de normale risico's van mijn vak. Het waren dezelfde risico's, die een glazenwasser droeg, wanneer hij op een wiebelende ladder de ruiten van anderen schoonmaakte. Maar een glazenwasser stond alleen op die ladder. Hij stond daar niet met zijn hele gezin. Daarom voelde ik haat tegen Bobby Brakel, die het gewaagd had om op zo'n vuile manier de naam van Marjan te noemen. Ik had altijd mijn persoonlijke gevoelens buiten mijn werk gehouden. Ik had ze onderdrukt. Bobby had die gevoelens wakker geschud. Hij had mij uit mijn pantser van onaantastbaarheid gepeld en hij zou daarvan de wrange vruchten plukken.

Het was alsof deze gedachte mij opluchtte, mij bevrijdde van een beklemming. Ik zou de strijd tegen Bobby voeren, maar dan met alle middelen, desnoods met overschrijding van de grenzen, die de Wet stelt.

Geert onderbrak mijn overpeinzingen.

'Zeg, wat ben je stil,' zei hij. 'Ik wilde je nog wat vragen. Kan het even?'

Ik glimlachte.

'Je hebt zoëven gezegd, dat Mientje wist wie Bobby Brakel was. Maar ben je daar nu wel zo zeker van? Ik bedoel, wist Mientje wat voor een soort man hij was.'

'Het leven van Mientje schijnt je nogal te interesseren,' antwoordde ik.

'Ja, ik weet niet hoe het komt, maar ik moet steeds aan haar denken. Je moet begrijpen, dat dit de eerste zelfmoord is, die ik... nou ja, met jouw hulp behandel.'

'Neem een goede raad van mij, Geert. Graaf niet te diep in het leven van anderen. Je krijgt er maar complexen van. Ik ben in het leven van anderen soms de vreemdste dingen tegengekomen. Je krijgt geen hoge dunk van je medemensen als je alles weet.'

Geert schudde heftig zijn hoofd.

'Dat begrijp ik best. Maar Mientje was nog zo jong. Ze heeft niet veel tijd gehad.'

'Tijd? Een mens kan in één moment meer kwaad doen, dan een ander in een heel leven.' Ik zuchtte. 'Maar als jij denkt, dat Mientje maar een onschuldig schaap was, dan zal ik je eens het verhaal van Ageeth vertellen. Dan moet je zelf je conclusies maar trekken.'

'Wie was Ageeth?'

'Als je wat geduld hebt, dan zal ik het je vertellen.'

Ik stak een verse sigaret op en ging er eens goed voor zitten.

'Ageeth. Ze was verpleegster geweest. Ik geloof in de kinderverpleging. Ik weet dat niet zo precies meer. Ze was in ieder geval een bijzonder mooi meisje. Ja, dat was ze. Maar laat ik bij het begin beginnen.

Het is nu zo ongeveer een jaar of twee geleden. Ik liep op een zekere dag in verband met een of ander zaakje langs de grachten, toen een van de meisjes, om mijn aandacht te trekken tegen haar raam tikte. Het was vrij ongewoon, want de meisjes uit de buurt kennen mij bijna allemaal en als ze mij zien aankomen tikken ze niet. Ze tikken alleen om de aandacht van mogelijke klanten te trekken en om in een rechercheur een mogelijke klant te zien is wel erg optimistisch. Het tikken is trouwens verboden.

Ik wilde wel eens zien wie het was en liep in de richting van het raam. Toen het meisje zag, dat ik op haar tikken reageerde, maakte ze een uitnodigend gebaartje. Ze was een nieuweling. Ik had haar nog nooit eerder gezien. Ze was jong, mooi en ik moet zeggen, bijzonder aantrekkelijk. Ze had lang zwart haar en grote bruine ogen in een ovaal gezichtje. Ik bleef onwillekeurig naar haar staan kijken. Misschien vind je het vreemd, maar ik was zo geïmponeerd door dat fijn besneden gezichtje en dat slanke figuurtje, dat ik een beetje griezelde van de gedachte, dat zo maar iedere man dat alles voor een paar stinkende rijksdaalders kon kopen. Bij de meeste prostituée's komt die gedachte niet bij je op. Als ze echte vertegenwoordigsters van het type zijn, dan voel je dat niet zo. Maar bij haar was dat anders. Ik ben ten slotte een man en ergens in mijn achterhoofd zweeft het beeld van een ideale vrouw. Je weet wel, zo iets vaags, zo'n soort kruising tussen een madonna en een sirene. Niet, dat zij geheel aan dat beeld beantwoordde, maar ze benaderde toch wel de uiterlijke verschijningsvorm daarvan. Het meisje scheen in mijn houding een vorm van besluiteloosheid te zien. Ze kwam naar buiten en trok mij als het ware naar binnen. Toen ik in haar kamertje stond deed ze de gordijnen dicht, alsof ik een klant was. Ik trok ze weer open. "Wat ik hier kom doen, mag iedereen zien", zei ik. Ze keek mij verbaasd aan. Ik liet haar niet lang in het onzekere, maar toonde mijn legitimatiebewijs. Ze schrok, maar herstelde zich snel. "Politie", zei ze, "wat wilt u van mij?"

Ik gaf niet direct antwoord. Ik ging wat lui op een stoel zitten en keek eens rond. Het was het gebruikelijke werkkamertje van een prostituée. Een fonteintje, een paar ondeugende platen en een bed. Het meisje was bij het raam gaan staan. Haar handen rustten op haar heupen. De ritssluiting van haar rokje zat los.

'Wat wilt u?' herhaalde ze.

Ik haalde mijn schouders op. "Een paar inlichtingen," antwoordde ik, "bij voorbeeld: hoe is uw naam?"

Ze vertelde, dat ze Ageeth heette en afkomstig was uit een klein plaatsje ergens in Limburg. "Dat is ver van huis," zei ik. Ze knikte, maar ging er niet op in. Ik vroeg haar hoe ze in de prostitutie was gekomen. Ze zweeg. Ik bleef een beetje aandringen en vroeg ten slotte of ze getrouwd was, en zo niet, met wie ze dan samenleefde. Ze reageerde plotseling heftig. "Dat gaat u niets aan," zei ze. "Daar hebt u niets mee te maken." Ik gaf toe, dat ik daar niets mee te maken had, maar zei dat het mij eenvoudig interesseerde. "Ik wil niet, dat u zich voor mij interesseert," zei ze. "Ik kan daar best buiten." Ik hield mijn mond verder en stond op om weg te gaan. Ze deed de deur voor mij open. "En," zei ze, "u hoeft ook niet tegen mij te gaan zedepreken. Ik weet best wat ik doe."

Ik had helemaal niet het plan te zedepreken. Ik doe dat haast nooit. Het heeft in de regel geen zin en je beloopt de kans, dat je je zelf belachelijk maakt. Er is moed voor nodig om tegen een ander te zeggen, dat hij verkeerd leeft. Die moed heb ik lang niet altijd. Ik ben er namelijk niet zo zeker van, dat ik volgens zoveel hogere normen leef en dan voel je geen basis van waaruit je een ander op zijn fouten kan wijzen.

Ik keek haar alleen maar aan. "Het valt te betwijfelen," zei ik, "of je weet wat je doet."

Ik kwam er al gauw achter, dat ze een nieuw slachtoffertje was van onze vriend Bobby Brakel. Ze woonde met hem samen in dat hol, waar wij vanmiddag zijn geweest.

Ageeth verdiende vooral in het begin bijzonder veel geld. Ze was erg in trek. Soms stonden ze buiten bij 'r voor de deur te wachten totdat zij aan de beurt waren. Wat ze verdiende gaf ze trouw aan Bobby, die 'r genadig toestond van 'r eigen verdiende geld zo nu en dan wat nieuwe kleren te kopen. Ze ging langzamerhand steeds meer lijken op de andere vrouwtjes uit de buurt en na een paar maanden zakte de belangstelling en de verdiensten werden minder.

Je ziet dat vaak in de buurt. Eerst zijn de meisjes anders, maar als ze een poosje de prostitutie bedrijven, dan volgt automatisch dat proces van gelijkschakeling. Hun kleding, gebaren en maniertjes en zelfs hun woordkeus krijgt een uniform karakter.

Ongeveer een jaartje na mijn bezoek aan haar, kwam ze bij mij aan het bureau. Ze had een koffertje bij zich. Ze was in dat ene jaar aardig afgetakeld. Haar ogen stonden dof en haar haren glansden niet meer zoals vroeger.

"Ik wil mijn kleren terug," zei ze. "Waar zijn die dan?" vroeg ik. "Bij Bobby," antwoordde ze. Ik wist toen nog niets van de veranderde omstandigheden af. Daarom zei ik: "Dan ga je ze toch halen." Ze beet nerveus op haar lip. "Hij wil ze niet geven."

Ik begreep, dat er zich weer eens een nieuw drama had afgespeeld. Ik nam haar mee naar ons verhoorkamertje, waar wij ongestoord konden praten. "Je moest mij maar eens alles vertellen," moedigde ik haar aan.

Ze was totaal overstuur en stond op het punt om in tranen uit te barsten. Ze accepteerde gretig de sigaret, die ik haar aanbood. Toen ik haar een vuurtje gaf, trilden haar vingers. Ze waren geel van de nicotine. "Dus het is uit," zei ik. Ze knikte. "Wanneer?"

"Gisteravond," zei ze. "Ik had de gehele dag gezeten en was erg moe toen ik om een uur of tien naar Bobby ging. Toen ik voor zijn kamer stond, vond ik dit koffertje in de gang. Het is mijn eigen koffertje. Er zitten de kleren in, die ik aanhad toen ik bij Bobby kwam. Ik begreep eerst niet waarom dat koffertje zomaar buiten stond. Maar toen ik naar binnen wilde gaan, kwam ik erachter, dat de deur op slot was. Plotseling besefte ik wat dat koffertje betekende. Ik had afgedaan. Ik had al een tijdje het gevoel gehad, dat er iets mis was. Maar ik wilde het niet geloven. Ik had zoveel voor hem gedaan. Ik kon mij eenvoudig niet indenken, dat hij mij nu nog in de steek kon laten. Ik bonsde als een bezetene op de deur en begon te gillen. Ik gilde zo hard, dat de buren het hoorden. Na een poosje deed Bobby open. Ik duwde hem opzij en stormde de kamer binnen. Op de divan zat een blond meisje; een kind nog. Ik sprong als een bezetene op haar toe en wilde haar de ogen uit het hoofd krabben. Maar ze zag zo bleek en keek mij zo angstig en verschrikt aan, dat ik plotseling medelijden met haar kreeg. Bobby drukte mij in een stoel. "Wie is zij?" schreeuwde ik. "Dat," zei Bobby, "is mijn vrouw."

Het was alsof iemand van binnen mijn aderen dichtkneep. "Jouw vrouw," gilde ik. "Ja," zei hij kalm, "we zijn vorige maand getrouwd."

Ik was zo overdonderd, dat ik geen woord kon uitbrengen. Ik zat daar als een wezenloze op die stoel. Plotseling kreeg ik een huilbui. Hoe lang ik daar op die stoel heb zitten grienen, weet ik niet. Ik huilde tot ik leeg was. Dat bleke kind zat tegenover mij. Ze verroerde geen vin. Bobby ijsbeerde in de kamer. "Ik dacht dat, dat je het wel zou begrijpen," zei hij, "je hebt je koffertje toch gevonden." Ik gaf geen antwoord. Ik weet niet hoe hij mijn zwijgen opvatte. Misschien dacht hij wel, dat ik nog wat voor hem voelde. En dat was ook zo. Hij kwam naast mij zitten en begon zoet, zalvend tegen mij te praten. Ik dacht, dat hij het wilde goedmaken. Misschien vindt u mij wel gek, maar dat hoopte ik nog. Ik dacht; het is allemaal niet waar en dat blonde kind betekent niets voor hem.

Bobby legde zijn hand op mijn schouder. "We zitten een beetje moeilijk," zei hij. Hij wees naar het meisje. "Zij is nog een beetje onervaren. Bovendien heeft ze pas een miskraam gehad. Zij kan dus voorlopig nog niet werken." Hij aarzelde even. "Misschien uh, ik had zo gedacht, misschien kan jij er nog een poosje mee doorgaan. Begrijp je, voor ons, totdat zij het helemaal kan overnemen. Ik had je dat eerst niet willen vragen, maar eigenlijk, na alles wat er tussen ons is geweest..."

Dat meent hij niet, dacht ik, dat meent hij niet. Dat is beestachtig. Ik stond met een ruk van mijn stoel op.

"Bedoel je, dat ik...? Voor jullie...?"

Hij knikte.

Een moment was ik verbijsterd. En toen; toen, alsof de duivel op mijn hielen zat, greep ik mijn koffertje en rende gillend de deur uit."'

'Het is toch niet waar?' riep Geert verschrikt.

Ik haalde mijn schouders op.

'Waarom zou ik je leugens vertellen?'

Geert zweeg. Pas na een poosje vroeg hij: 'Dat bleke blonde kind, was dat Mientje?'

'Ja, Geert, dat was Mientje. Ik wist dat toen nog niet. Ik ben daar pas later achtergekomen.'

'En wat gebeurde er met Ageeth?'

'Zoals ik je al vertelde, wilde ze de kleren terug hebben, die ze zelf had verdiend. Dat heb ik uit haar hoofd gepraat. Ik heb haar gezegd, dat ze met het leven, zoals ze dat het laatste jaar had geleid, volkomen moest breken. Ze moest haar oude kleren uit het koffertje weer aantrekken. Dat moest voor haar een symbool zijn. Ze moest teruggaan naar huis, naar haar ouders in Limburg. Ze moest een gewone degelijke jongen zoeken; zo'n alledaagse, die voor haar werkte en daarvoor in de plaats een vrouw in zijn bed verlangde. De rest kwam dan vanzelf wel weer in orde. Zo sprak ik tegen haar.

"Maar wie wil mij nu nog," zei ze. "Wie wil er nog een vrouw, die in het leven heeft gezeten?"

"Je moet er geen drama van maken," zei ik. "Je bent nog jong. Ik zou je bij voorbeeld nog wel willen. Maar ik ben getrouwd en waarschijnlijk zal je geen zin hebben in zo'n oude vent als ik." Het was van mij een poging om haar wat op te vrolijken. Er brak ook iets van een glimlach door. Ze durfde nog niet. Ze had een duwtje nodig.

"Heb je nog geld?" vroeg ik. Ze knikte. "Een beetje."

Ik bracht haar onder in een net hotelletje, waarvan ik de hotelhouder goed kende. Hij keek wel wat verbaasd, maar vroeg niets.

"Je blijft hier tot je wat van mij hoort," zei ik. "En maak je gezicht schoon en was dat lak uit je haar. Ik wil niet, dat ze van je schrikken."

"Wie?"

"Jouw ouders."

"Mijn ouders?" Ze leek verschrikt. "Maar die weten niets."

"Dat hoeft ook niet. Je zegt voorlopig niets. Dat komt later wel. Ze kunnen hoogstens denken, dat je ziek bent geweest."

"Ziek?"

"Ja, je bent toch minstens een jaar ernstig ziek geweest."

Ze knikte. "Zo kan je het wel noemen," zei ze.

Voor alle zekerheid gaf ik de hotelhouder de opdracht erop toe te zien, dat ze het hotel niet verliet. Ik had dat toch niet kunnen tegenhouden, maar ik wilde, als het even mogelijk was, haar ouders geen vergeefse reis laten maken. 's Avonds belde ik ze en vroeg hen naar Amsterdam te komen. De volgende dag waren ze er; twee lieve oude mensjes. Ik heb een poosje met ze zitten praten. Dergelijke gesprekken zijn zo moeilijk. Ik weet dan vaak zelf niet wat ik zeg. Ik zoek dan naar woorden en hoop, dat ze weerklank vinden. Je zult het misschien niet geloven, maar het gaat dan eigenlijk buiten mij om. Het is dan net alsof ik niet zelf praat, maar dat een ander gebruik maakt van mijn stem. Soms valt mij dat ineens op. Dan luister ik naar mij zelf en hoor dingen zeggen, waarvoor een goed geoliede dominee zich niet zou behoeven te schamen. Ik heb dan het gevoel, dat ik bezig ben een spelletje puur slecht toneel te spelen. Het is maar gelukkig, dat anderen dat bijna nooit ontdekken. Ze zijn in de regel te zeer onder de indruk van de omstandigheden om goed op mij te letten en om de klank van mijn woorden op zijn juiste waarde te testen. De oudjes doorzagen mij niet. Ik heb hen gezegd, dat Ageeth hulp nodig had en steun. Ik heb hun gevraagd die steun te geven met liefde en zonder te vragen. De oudjes toonden veel begrip. Ik haalde Ageeth uit het hotelletje en bracht ze met hun drieën naar de trein.'

'Heb je later nog wel eens van Ageeth gehoord?'

'Och, zo af en toe stuurt ze mij een kaartje. Deze zomer nog kreeg ik een ansicht van haar uit Zwitserland. Ze was daar, geloof ik, met vakantie. Het schijnt haar wel goed te gaan.'

'Heb je dan later niet meer naar haar geïnformeerd?'

'Neen, waarom? Ik ben toch geen reclasseringsambtenaar?'

Geert schudde zijn hoofd.

'Dat begrijp ik nou niet,' zei hij. 'Het zou mij toch op z'n minst interesseren hoe ze het maakte. Bij voorbeeld, of ze nu getrouwd is en kinderen heeft en dat soort dingen.'

Ik krabde eens in mijn nek. Het is zo'n soort gelegenheidsgebaartje, dat ik maak, wanneer ik mij een beetje verlegen voel.

'Ze zit niet meer in de buurt,' zei ik, 'en dat is mij genoeg.'

'Je bent een leugenaar, Versteegh,' zei Geert kalm. 'Het interesseert je wel degelijk. Je zou best willen weten hoe ze het maakte. Maar je wilt stoer doen. Je wilt gewoon niet bekennen, dat je van binnen zo zacht bent als boter. Daarom doe je flink. Niemand mag het merken, dat je eenvoudig zo gevoelig bent als een aap. Je vindt dat minderwaardig. Maar mij neem je er niet meer tussen. Ik heb je door.'

'Ben je klaar met je zielsontleding?' zei ik scherp.

'Ik ben eigenlijk nog lang niet klaar. Ik zal voorlopig mijn mond wel houden. Maar dat zeg ik je; mij bedrieg je niet meer.'

Ik schudde mijn hoofd.

'Je mag over mij denken hoe je wilt. Ik heb Ageeth slechts geholpen, omdat ik er zelf geen kwaad mee kon. Anders had ik het niet gedaan. Men had later hoogstens tegen mij kunnen zeggen, dat ik mij er niet mee had moeten bemoeien. Maar dat is dan ook alles.

"Goedheid is domheid," zei eens een oude collega tegen mij. En het was een goede raad. Hij zei het tegen mij toen ik als jong rechercheur eens in grote moeilijkheden was geraakt. Ik heb die raad nadien steeds ter harte genomen. De uitdrukking "Goedheid is domheid" is mij altijd bij gebleven.'

'Wat waren dat voor moeílijkheden, waarin je verzeilt was geraakt?'

'Ik had een onderzoekje in verband met een paar kraakjes. Je wilt als jonge rechercheur graag je scherpzinnigheid bewijzen en ik deed dan ook erg mijn best. Ondanks de fouten, die ik door onervarenheid maakte, gelukte het mij voor die kraakjes drie man te pakken. Ik was zo trots als een pauw en voelde mij al een echte rechercheur. Maar je weet hoe dat gaat bij een verhoor. Je ziet dan al gauw de mens achter de dader. Een van de drie werd mij bijzonder sympathiek. Hij was pas getrouwd en financieel een beetje in de knoei geraakt. Ik had wel begrip voor zijn moeilijkheden.

Toen hij zijn straf had uitgezeten kwam hij naar mij toe en vroeg mij of ik een goed baantje voor hem wist. Hij vertelde mij, dat het nu was afgelopen. Hij had zijn straf gehad en het zou hem nooit meer gebeuren. Enfin, je kent dat.

Ik had pas een zaakje behandeld van een diefstal bij een handel in non-ferro metalen en was daardoor een paar maal in contact gekomen met de directeur van dat bedrijf. Begrijp mij goed; ik wilde die jongeman helpen. Ik stapte dus op een goede dag naar de directeur en vertelde hem, dat ik wel een betrouwbare bediende voor hem wist. Ik verzweeg, dat ik hem slechts van een serie inbraken kende. Ik wilde die jongen zijn kansen niet verknoeien. De directeur hapte en de jongeman kwam bij hem als magazijnbediende in dienst. Ik vond, dat ik een knap staaltje menselijkheid had bedreven. Nog geen maand later kwam de directeur aangifte bij mij doen. De jongeman had een grote partij koper gestolen. Zie je Geert: "goedheid is domheid". Ik zal je maar niet vertellen hoeveel narigheid ik daarvan gehad heb. Niet alleen, dat ik mij persoonlijk bedrogen voelde, maar mijn chefs waren er helemaal niet over te spreken.'

'Dat kan ik mij voorstellen,' zei Geert. Toch ben ik het niet met je eens en die spreuk bevalt mij helemaal niet. Je kan je door zo'n enkel voorval toch niet van de wijs laten brengen.'

Ik glimlachte.

'Een enkel voorval, zeg je. Vraag het eens aan je collega's. Vraag het ze allemaal. Ieder van hen zal je van dergelijke ervaringen kunnen vertellen. Ik ben echt niet de enige.'

'Nou,' zei Geert strijdvaardig, 'wat wil je ermee bewijzen?'

'Bewijzen? Neen Geert, ik wil niets bewijzen. Ik wil je alleen waarschuwen. Als je behoefte voelt om iemand te helpen, en geloof me, die behoefte besluipt je vaker dan je denkt, wees dan voorzichtig. Laat je niet door je gevoel beheersen, maar ga eerst na in hoeverre je er zelf kwaad mee kunt. En als er maar één procent kans is, dat men je wat in je schoenen kan schuiven, doe het dan niet. Goedheid en menselijkheid worden met betrekking tot een politieman als zulke vreemde begrippen opgevat, dat men eenvoudig niet gelooft dat hij ze om niet hanteert. Als je een man helpt, dan vraagt men zich af hoeveel je er wijzer van bent geworden en als je een vrouw helpt, dan denkt men dat je door haar in natura bent beloond.'

Geert keek mij eens onderzoekend aan.

'Dus ze hebben er wat van gezegd? Van Ageeth?'

Ik boog het hoofd en knikte.

'Zo,' zei Geert, 'dus daarom heb je later niet meer naar haar geïnformeerd. Je wilde elke schijn vermijden. Ze hebben er wat van gezegd. Ze hebben beweerd, dat je het met Ageeth hield en dat je haar daarom hebt geholpen. Zo is het toch?'

'Och, niet met zoveel woorden. Ze vroegen zich alleen af waarom? Het behoorde toch niet tot mijn taak om meisjes uit de prostitutie te halen. Daar waren andere instanties voor. Als ik Ageeth dan per se had willen helpen – en hier grijnsde de man, die mij ondervroeg – dan had ik haar toch beter naar die instanties kunnen verwijzen.'

Geert keek mij verwonderd aan.

'Dus je bent er nog over ondervraagd ook.'

'Jazeker. Och, het was maar een informeel onderzoekje. Maar ik moest toch uitgebreid uit de doeken doen waarom ik, vreemd genoeg, en terwijl het toch geen enkel verband hield met een strafbaar feit, een prostituée had geholpen.'

'Maar hoe waren ze er dan achtergekomen?'

'Dat is simpel. Je weet, dat ik Ageeth in dat hotelletje had ondergebracht. Wel, ik had nauwelijks mijn hielen gelicht of de hotelhouder belde het Hoofdbureau. Hij vroeg of het gebruikelijk was, dat rechercheurs hoogstpersoonlijk zomaar prostituées onderbrachten in zijn hotelletje, dat toch als zeer degelijk en zeer fatsoenlijk te boek stond.'

'Maar, Versteegh, ze konden je toch niets maken?'

'Neen, ze konden mij niets maken, maar reken erop, dat ik met een grote boog de laan was uitgestuurd, wanneer ze ook maar iets hadden kunnen vinden. Dan hadden mijn goede staat van dienst en mijn twintigjarige politie-ervaring mij niet kunnen redden. Ze konden nu nergens een vinger achterkrijgen, maar je kon op hun gezichten lezen wat ze ervan dachten. Begrijp je nu, waarom ik mij zo inkapsel en tracht mijn gevoel buiten mijn werk te houden?'

Ik wond mij een beetje op. 'De politie is een organisatie om burgers te beschermen en misdaden te bestrijden. Het is geen instelling van liefdadigheid. Zie je, daarom doe ik mijn werk. Meer niet. Voor de rest? Voor de rest kunnen ze barsten.'

'Dat is nogal negatief.'

'Ja, het is verdomde negatief. Maar dacht je, dat ik mij nog afvraag of iets goed is of kwaad, of het recht is of onrecht? Ik prakkizeer er niet over. Ik accepteer eenvoudig. Ik heb mij opgehangen aan Wetten, artikelen en paragrafen en geloof mij: het was een zalige dood.'

IK liep door het koffiehuisje naar de deur waarop het bordje – *Naar de toiletten.* – Ik zag, dat Dirk Hogervliet naar mij keek. Zijn geoefend oog zag alles wat er in zijn domeintje gebeurde. Achter die deur met het bordje was een gang. Men kon vandaar naar de toiletten, maar er was ook een deur, die via de keuken naar de woning van Dirk leidde. Ik nam die deur.

De woning van Dirk stond propvol. In het kamertje, waar ik op hem wachtte stonden de meubeltjes zo dicht opéén, dat er nauwelijks een plaatsje was om te zitten.

Het duurde niet lang voordat Dirk verscheen. Hij droeg een wit kelnersjasje, vol morsige koffievlekken.

'Hallo,' zei hij. 'Ik dacht al dat je geen interesse had. Het duurde zo lang.'

Dirk was een Drent. Op een zekere dag had hij de schoonheid van het Drentse landschap verwisseld voor de vunzige grachten en sloppen van de oude binnenstad. Waarom? Hij dacht goud te vinden in het rosse wereldje van de prostitutie. Hij hoopte, dat zijn koffiehuisje een springplank zou zijn voor een goed café. Maar voor een café heeft men een vergunning nodig en daarom hield Dirk de politie tot vriend.

'Versteegh,' zei hij, 'Haagse Bertus is los.'

'Nu al?'

'Ja, gisteren was hij bij mij in de zaak.'

'Maar zat zijn tijd er dan al op?'

Dirk trok zijn gezicht in een grimas.

'Je weet zelf hoe ze bij de Justitie zijn. Die arme souteneurtjes toch.' Hij zei het met een spottend hoog stemmetje. 'Die lieve souteneurtjes toch; en zó door het leven geteisterd en zó ongewild op het slechte pad geraakt, dat je er alleen maar medelijden mee kunt hebben. Misschien hebben ze dan wel hier en daar een klein karakterfoutje, maar och, een kniesoor, die daar op let.'

Hij wreef met de rug van zijn hand langs zijn platte neus.

'Je wordt toch niet kwaad Versteegh, als ik dat zo zeg?'

Ik lachte. 'Welnee Dirk, we leven toch in een vrij land.'

Hij snoof. 'Een vrij land, ja, maar soms zou ik willen, dat ze de vrijheid van bepaalde lieden wat meer beperkten. Zo zijn ze gepakt en zo zijn ze weer los. Geloof me, Versteegh, jullie doen monnikenwerk.'

'Er zijn monniken geweest, die goed werk deden.'

'Och, je begrijpt mij best. Ik wil niets zeggen van het werk van de politie. Ik heb daar wel bewondering voor. Maar je moet toch zelf ook wel eens het gevoel hebben, dat het hopeloos is.'

Ik ging op een puntje van een stoel zitten. Meer ruimte was er niet.

'Gebruik je verstand, Dirk. We streven niet naar een einddoel. Een wereld zonder misdaad is een hersenschim. Stel je nu eens voor, dat wij de prostitutie en alles wat daarmee samenhangt hier in de buurt zouden uitroeien. Dacht je dat het dan verdwenen zou zijn?

Het verplaatste zich alleen en stak ergens anders weer de kop op. Het beste is de zaak rustig te laten sudderen en alleen de uitwassen bestrijden. En alleen aan die uitwassen hebben wij onze handen al vol.'

Dirk knikte peinzend.

'Maar je zou mij wat van Haagse Bertus vertellen.'

'O ja,' antwoordde Dirk. 'Haagse Bertus. Het is geloof ik wel belangrijk. Hij kwam hier gisteren samen met Dikke Toontje. Dikke Toontje, ken je toch?'

Ik knikte.

'Nou, ik was wel wat verbaasd, Haagse Bertus weer te zien. Ik dacht niet, dat hij alweer vrij was. "Zo Bertus," zei ik, "ben je er weer?" Hij bromde iets van "kelere zooi" en ging met Toontje aan een tafeltje zitten. Ze bestelden ieder een half kippetje. Toen ik de kippetjes bracht, hoorde ik ze samen praten. Bertus scheen nogal opgewonden. "Ik rijg hem aan het mes." zei hij. Toontje zat er voor zijn doen met een ernstig gezicht bij. "Je hebt gelijk," zei hij tegen Bertus. "Ze moesten ook mij zo'n knijvertje niet flikken.'

'Hadden ze het over Bobby?' vroeg ik.

'Ik heb de naam Bobby niet gehoord, maar ik denk wel, dat ze hem bedoelden. Je weet toch wat er gebeurd is?'

'Ja Dirk. Ik ken het verhaal van haver tot gort. Maar hadden die twee een borrel op?'

'Neen, volgens mij waren ze zo nuchter als wat. Daarom heb ik het ook ernstig opgevat. Als ze dronken zijn dan zeggen ze zoveel. Dan had ik het je niet eens verteld.'

'Dank je, Dirk.'

'Zeg Versteegh, denk je, dat ze werkelijk Bobby te lijf zullen gaan?'

Ik haalde mijn schouders op.

'Je kan het nooit weten. Maar als je wat hoort, hou mij dan op de hoogte.'

'Oké, dan bel ik je wel.'

Ik ging via dezelfde weg terug naar Geert, die rustig op mij zat te wachten. We dronken nog een kop koffie en namen daarna afscheid van Dirk en zijn koffiehuis.

Onderweg naar het bureau dacht ik aan de affaire Haagse Bertus.

Het was een geschiedenis, die destijds in de buurt nogal wat opschudding had gegeven en lange tijd het onderwerp van heftige discussies was geweest.

Haagse Bertus was in de buurt een geziene figuur, die in de regel als executeur optrad. Hij vormde een soort éénmans-strafexpeditie, wanneer iemand een gerechtvaardigd beroep op hem deed. Ik herinnerde mij in dit verband nog levendig de zaak Tonio.

Op zekere dag kregen wij de melding, dat Tonio in een ziekenhuis was opgenomen. Hij had nogal ernstige kwetsuren. Ik toog de buurt in om er wat over aan de weet te komen, maar de buurt zweeg. Ik bracht een bezoek aan het ziekenhuis en ondervroeg Tonio. Hij vertelde nukkig, dat hij van een trap was gevallen en zich daarbij nogal lelijk had bezeerd. Het verhaal was zo lek als een mandje en ik geloofde er dan ook geen draad van. Maar hoe ik ook aandrong, het lukte mij niet om een andere verklaring van hem los te peuteren. Tonio hield zijn gezwollen lippen op elkaar. Ik zag er geen gat in en liet de zaak verder rusten. Pas later hoorde ik de ware toedracht.

Tonio was de souteneur van Jeanette, een nogal vreemd schepseltje dat zich in haar woninkje omringde met parkietjes. Ze hield ze gevangen in drie mooie kooitjes, die blonken van het chroom. Haar aanhankelijkheid jegens de diertjes was bijzonder groot. Toen eens een van haar liefste pietjes was gestorven, hield ze de gordijnen van haar werkkamertje drie dagen dicht en plakte op haar raam een briefje: *wegens sterfgeval gesloten*. Tonio ergerde zich gruwelijk. Hij hield niet van parkietjes en vond, dat Jeanette door de vogeltjes te veel haar plicht verzaakte. Maar Jeanette hield voet bij stuk. Tonio kon doen wat hij wilde; de parkietjes bleven. Toen Jeanette eens van de kapper thuiskwam, vond ze al haar parkietjes dood in hun kooitjes. Tonio had ze stuk voor stuk doodgeknepen. Jeanette was niet te houden. Ze rende gillend de gracht op en rapporteerde de gruweldaad aan Haagse Bertus, die onmiddellijk reageerde.

Haagse Bertus was een grote zware kerel met bloemkool-oren, enorme spieren en weinig verstand. In zijn beste jaren had hij als bokser in de zwaargewichtklasse naam gemaakt, maar veel wierook, drank en vrouwen hadden zijn conditie aangetast. Toen de knockouts zich opstapelden, stapte hij enigszins groggy uit de ring en stelde zijn uitzonderlijke krachten in dienst van Ria, een jonge prostituée, die toen nog los rondliep.

Wanneer men de bijzondere omstandigheden even terzijde schoof, kon de verbintenis Ria-Bertus als harmonisch worden gekenschetst. Haagse Bertus was een kind en Ria zorgde voor de lollies. Zijn aanhankelijkheid jegens Ria was hartroerend. Hij behoedde en beschermde haar als een rentenier zijn kapitaaltje en verzorgde haar als een helper in de ring. Tijdens de slappe uren van de dag bracht hij haar eieren en biefstuk en keek met arendsogen toe, dat zij dit krachtvoer, soms tegen heug en meug, naar binnen werkte, want zijn stelregel was: 'wie hard werkte, moest goed eten.' En Ria werkte hard. Het ging hun beslist voor de wind en de vooruitzichten – een lief hotelletje met vérgaande damesbediening – waren gunstig.

Zo was de situatie toen Bobby er zich mee ging bemoeien. Hij papte aan met Haagse Bertus, die luid de loftrompet blies van Ria, zijn meid, die het zo fantastisch met de mannen kon versieren en dus geld verdiende als water.

Laten wij vooropstellen; Haagse Bertus was geen partij voor Bobby. Misschien, dat op het canvas de voeten van Bertus wat meer houvast hadden gevonden, maar op het glibberige jungle-pad van onze samenleving, stond Bobby beslist steviger op zijn benen.

Het duurde niet lang of Bertus inviteerde Bobby op een gezellig avondje bij hem thuis, waar Ria als gastvrouw zou fungeren. In de sfeer van drank en broederschap verloor Bertus iets van zijn waakzaamheid en dat werd hem noodlottig. Bobby speelde zijn spelletje met groot raffinement. Toen de gezelligheid hoog was gestegen en de alcohol hen het vermogen tot onderscheid had ontnomen, trok hij met gepolijste liefdesacties ten strijde tegen Ria en haar toch al wankele veste der eerbaarheid. Ria, gewend aan de ruwe onbehouwen hartelijkheid van de ex-bokser werd geimponeerd door de uitgebalanceerde verleidingskunst van Bobby en zwichtte. Haagse Bertus zat er bij als een man, aan wie zojuist een goede mop was verteld, maar er de pointe nog niet van snapte. Ware hij volkomen bij zijn positieven geweest, dan had hij ongetwijfeld een handdoek in de ring geworpen. Nu keek hij slechts lodderig toe en bewonderde in stilte zijn meid, die het met de mannen toch zo aardig kon vinden.

Toen hij de volgende morgen uit zijn roes ontwaakte, was Ria verdwenen. Bobby had weer eens een overwinning behaald. Hij kreeg Ria zelfs zo ver, dat zij tegen Haagse Bertus een aanklacht indiende terzake souteneurschap. Bobby ging zelf mee naar het Hoofdbureau van Politie om erop toe te zien, dat Ria op het laatste moment toch nog niet terugkrabbelde.

Toen enige rechercheurs Bertus de volgende dag kwamen ophalen, brulde hij als een getergd dier en tranen rolden langs zijn misvormde neus. De buurt werd er koud van. Bertus had zijn zoveelste knock-out geïncasseerd.

Nog voordat Bobby kans had gezien Ria haar spaarduitjes te ontnemen, kwam Ria tot inkeer. Haar uitvluchtje met Bobby was maar een opwelling geweest. Ze herinnerde zich de toewijding van honderd-en-tien-kilo-Bertus en kreeg berouw. Ze schreef ellenlange brieven vol zelfverwijt naar het Huis van Bewaring, waar Bertus in afwachting van zijn vonnis was opgesloten en besteedde een lief sommetje voor de beste advocaat, die er maar te vinden was.

Maar het gerecht nam zijn loop en Haagse Bertus verhuisde naar de Rijkswerkinrichting te Norg in Drenthe, kortweg 'Veenhuizen'. Ria bleef trouw. Iedere bezoekdag liet zij zich door een bevriende snorder naar de kop van Drenthe rijden. Het kostte haar kapitalen, maar dat deerde haar niet. Om zijn moreel op peil te houden bracht ze hem aanmoedigingskreten uit de buurt en vertroetelde hem verder met sigaretten en – Bertus was er zo dol op – ontelbare staafjes amandelspijs.

De buurt, die Ria haar overstapje spoedig had vergeven, wachtte af. Als Bertus vrij kwam zou de vergelding wel volgen. En nu was Bertus vrij.

Dat hij gezien was in gezelschap van Dikke Toontje voorspelde niet veel goeds. Haagse Bertus had zijn ervaringen opgedaan in gereglementeerde gevechten van man tot man. Dikke Toontje niet. Zijn faam als krachtpatser had hij opgebouwd in talloze knokpartijen, waarbij geen scheidsrechter aanwezig was om 'break' te roepen. Samen vormden zij een eenheid; te vergelijken met een tankdivisie bij een conventionele bewapening.

Bobby kon dus wat verwachten. Het enige wat ik in de door

Dirk opgevangen conversatie niet begreep, was de uitlating: 'ik rijg hem aan het mes'. Noch Bertus, noch Toontje waren messentrekkers. Het mes is het wapen van laaghartige individuen, sluwe mannetjes, die anoniem en zonder directe aanleiding, te midden van een ploegje, een ander geniepig vijftien centimeter staal in het lijf drukken. Zulke typen waren Bertus en Toon niet. Als ze vochten, dan deden zij dat met open vizier. Men kon ze hoogstens verwijten, dat hun methoden nogal cru waren en dat zij hun surplus aan kracht misbruikten. Maar ze kwamen moeilijk in beweging. Alleen inbreuk op de door henzelf gehanteerde code kon hen tot actie brengen. Dan werd er iets rechtgezet; met andere woorden, er werd recht gedaan en daarbij riskeerden zij eenvoudig een veroordeling door dat andere recht; het recht van de witte beffen die nu eenmaal een andere code hanteerden. Bobby had de code van de buurt doorbroken. Hij had een vrouwtje ertoe gebracht een aanklacht in te dienen. De buurt zegt: 'souteneurs worden niet geboren maar gemaakt.' Gezien in dit licht was Haagse Bertus een volkomen legale souteneur. Daarom accepteerde de buurt de daad van Bobby niet. Het kon lang of kort duren; de vergelding kwam.

Ik vroeg mij af of het raadzaam was om tussenbeiden te komen. Ik kon naar Bertus gaan en hem zeggen, dat hij zich rustig moest houden, omdat ik wist wat hij van plan was. Ik kon zelfs naar Ria gaan en via haar proberen enige druk op Bertus uit te oefenen. Ik kon rekenen op haar steun. Ze zou het niet prettig vinden om opnieuw haar kapitaaltje aan te spreken voor het aantrekken van een goede advocaat als Bertus voor zijn vergeldingsactie opnieuw kwam vast te zitten. Het was alleen de vraag of het zou helpen. Als Bertus iets in zijn hoofd had – en hij had een vol jaar de tijd gehad om erover na te denken – dan viel het niet mee om hem tot andere gedachten te brengen.

Ik kon natuurlijk ook naar Bobby gaan en hem de raad geven om een poosje uit de buurt te verdwijnen. Maar in mijn hart gunde ik Bobby wel een afstraffing. Ik was alleen bang voor Bertus. Hij kon in zijn opgekropte woede wel eens te ver gaan en met zijn enorme kracht Bobby onherstelbaar verkreukelen. Wanneer hij daarbij nog de hulp had van Dikke Toontje was dat gevaar heus niet denkbeeldig. Ik moest mij zelf eerlijk bekennen, dat ik Haagse Bertus heel wat sympathieker vond dan Bobby, ten opzichte van wie ik nu eenmaal mijn haatgevoelens moeilijk kon onderdrukken. Beiden waren souteneur, maar er was een wezenlijk verschil. Haagse Bertus was de souteneur geworden van een vrouwtje, dat toen al enige jaren de prostitutie bedreef; Bobby leefde van de meisjes, die hij voor dat doel zelf in de prostitutie had gebracht. Voor een buitenstaander moge dit verschil niet zo spreken, maar voor mij was het onderscheid zo groot, dat ik het bepaald niet prettig zou vinden wanneer ik Haagse Bertus voor een vergeldingsactie tegen Bobby zou moeten arresteren. Ik besloot om voorlopig de kat maar eens uit de boom te kijken en net als de buurt rustig af te wachten. Er was uiteindelijk nog niets gebeurd.

Bij het bureau nam ik afscheid van Geert.

'Kom je dan vanavond? Ik zou het bijzonder prettig vinden.'

'Goed,' antwoordde Geert. 'Acht uur, schikt je dat?'

'Prima. Ik zal ze thuis op de hoogte brengen.' Ik hield hem even bij de mouw van zijn jas vast. 'En Geert, gedraag je rustig. Ik ben tot nu toe de enige man in huis geweest.'

Geert lachte.

'Ik zal eraan denken.'

Ik ging nog even naar de recherchekamer om te horen of er nog iets bijzonders was. Alleen De Cock was er nog. Hij zat met een ernstig gezicht te bladeren in een kasboek. Om hen heen lagen stapels papieren. Ik ging tegenover hem zitten en keek geamuseerd toe.

'Je lijkt wel een boekhouder,' zei ik.

De Cock klapte het kasboek met een slag dicht.

'Was ik het maar,' zuchtte hij. 'Ik heb vroeger op school nog wel eens iets geleerd over debet en credit en ik weet, dat er zo iets als verlies en winst bestaat, maar dat is dan ook alles wat ik van boekhouden weet.'

'Dat is al veel,' lachte ik.

De Cock gebaarde naar de boeken en bescheiden voor hem.

'Ze denken, dat wij overal verstand van hebben. Vanmiddag kwamen hier twee heren met dure aktetassen en smeten die rommel op mijn bureau. 'We komen aangifte doen van verduistering,' zeiden ze, "onze kassier heeft in de boeken geknoeid." Of meneer het maar even wil uitzoeken."

Hij klapte met zijn vlakke hand op het kasboek. 'Het moet hier ergens in zitten. Ik ben al een uur of drie aan het bladeren, maar ik zie niets anders dan cijfertjes en nog eens cijfertjes. Je wordt er tureluurs van. Ik vraag mij af of ik die verduistering ooit zal kunnen bewijzen.'

Hij zuchtte. 'En gesteld, dat ik het bewijs, hoe krijg ik dat alles dan in fatsoenlijk Nederlands in een proces-verbaal, zodat ook een rechter er iets van snapt?'

Hij haalde zijn shagdoos voor de dag en begon een zware Van Nelle te rollen. Zijn tong gleed langs het vloeitje.

'Kijk,' zei hij, 'die verduistering loopt al over drie jaar. In die tijd hebben de accountants van de firma de boeken regelmatig gecontroleerd, maar ze hebben nooit een foutje gevonden. Nou, als zij met al hun kennis en ervaring in drie jaar niets kunnen ontdekken, hoe kunnen ze dan van mij verwachten, dat ik zo maar op stel en sprong bewijs, dat die kassier aan het goochelen is geweest? En toch wordt dat van mij verlangd.' Hij spuwde een draadje tabak uit zijn mond.

"We hebben het de recherche in handen gegeven," zeggen ze dan met een dikke tong. En daarmee is dan alles gezegd. Maar aan die arme rechercheur, die alleen gewapend met een kleine dosis gezond verstand het zaakje uiteindelijk toch moet klaren, denkt niemand. "We hebben het de recherche in handen gegeven." Je zou erom moeten lachen, als het niet zo droevig was. Maar straks sta ik met mijn beide vingertjes omhoog om te verklaren hoe de kassier kans heeft gezien om geld te verduisteren.'

Ik moest lachen om De Cock. Hij kon zo 'lekker' tekeergaan. 'Gifkikker,' noemden wij hem en dat was een toepasselijke naam. Als hem iets dwars zat, dan blies hij zich op en spoot venijnig gif over de hoofden van hen, die hem te na kwamen. Of dat nu collega's waren of chefs, dat maakte voor hem geen verschil. Onderscheid in rangen accepteerde hij niet.

De Cock was wat klein van stuk en de enige van ons ploegje, die een snorretje droeg. Door zijn levendige geest en zijn vermogen om alles en iedereen te imiteren was hij de komiek van de kamer. Hij was beslist een goede collega en het moet gezegd, een pientere rechercheur. Ik kon vaak de verleiding niet weerstaan om hem ongemotiveerd tegen te spreken. En dat alleen maar om later van zijn reacties te genieten.

'Gut,' zei ik, 'als de mensen niet eens meer bij ons kunnen komen met een eenvoudige verduistering...'

De Cock keek mij eens onderzoekend aan. Toen hij zag, dat ik het niet ernstig meende, lachte hij.

'Nou ja,' zei hij, 'ik moest even mijn hart luchten. Die cijfertjes leken op laatst voor mijn ogen wel een samba te dansen. Als het mij niet direct lukt, word ik altijd een beetje opstandig. Dan vraag ik mij wel eens af of de mensen niet te veel van ons verwachten. Recherche is voor hen vaak een soort toverwoord, of misschien wel een tovermachine; men gooit er een probleem in en haalt er de oplossing uit. Het publiek heeft er vaak geen notie van hoe dikwijls wij met onze handen in het haar zitten.'

De Cock poetste de glazen van zijn bril schoon en sloeg het kasboek weer open.

'Ik zal het nog eens proberen,' zei hij. 'Ik moet het vinden.'

'Natuurlijk,' zei ik, 'je mag de mensen toch niet teleurstellen. Ze betalen toch ook belasting.'

Ik stond op en knoopte mijn jas dicht.

'Ga je weg?'

'Ja, ik ga naar huis.'

'Er is nog een man voor je geweest. Ene Van der Kerk. Hij zou nog terugkomen.'

Ik keek op de klok.

'Dan moet hij er gauw bij zijn. Ik heb geen zin om de hele avond op hem te zitten wachten. Bovendien komt Geert vanavond bij mij op visite.'

'Je trekt nogal veel met die jongen op.'

'Ja, ik mag hem wel.'

'O,' zei De Cock, 'het is een aardige kerel, dat ben ik met je eens. Hij is alleen nog wat zacht. Het zal nog wel een tijdje duren voordat hij zo hard is als wij.'

'En ben je daar trots op?'

'Wat bedoel je?'

'Ben je er trots op, dat de dienst je heeft gemaakt tot wat je nu bent?'

De Cock haalde zijn schouders op.

'Het gaat ongemerkt. Maar trots? Neen, trots ben ik niet. Ik weet alleen, dat al de ellende, die ik in mijn werk ontmoet, mij niets meer doet. Ik ben daar ongevoelig voor geworden. Zo gaat het ons toch allemaal?'

'Ja, De Cock, zo gaat het ons allemaal. Wij weten het al. Wij hebben onze houding ten opzichte van onze medemensen al bepaald. Als een mens in moeilijkheden is geraakt, dan is dat natuurlijk zijn eigen schuld. Verder is elke vrouw een mogelijke prostituée en elke man een potentiële moordenaar. Zo is het toch. Daar gaan we van uit. En als het later anders uitpakt, dan kijken we elkaar stomverbaasd aan en zeggen: 'Het is waarachtig een net mens." '

De Cock deed zijn bril af.

'Versteegh, je draaft door. In zekere zin heb je natuurlijk wel gelijk, maar zeg nu eens eerlijk; is dat voor ons niet de beste houding? We kunnen toch geen risico's nemen?"

Ik gaf geen antwoord en overwoog of De Cock werkelijk gelijk had. Mijn omgang met Geert had mij tot nadenken gestemd. Het had mij er toe gebracht mij zelf eens te onderzoeken en mij af te vragen of mijn visie op de samenleving inderdaad wel de juiste was. Hoeveel mens stak er nog in mij als rechercheur?

Een klop op de deur onderbrak mijn overpeinzingen. Het was Van der Kerk. Hij zag er slecht uit. Zijn gezicht zag vaal en hij had diepe kringen onder zijn ogen. Het was hem aan te zien dat hij de laatste nacht niet had geslapen.

Hij stak mij een slap handje toe. Er was niets meer over van de opgewekte vitaliteit waarmee hij mij gisteren bij hem thuis nog had begroet.

'Versteegh,' zei hij, 'ik wil even met je spreken.' Hij keek schuin in de richting van De Cock. 'Maar onder vier ogen.'

Ik knikte en bracht hem naar ons verhoorkamertje.

'Ga zitten Van der Kerk en stort je hart uit.'

Hij was erg nerveus. Zijn mondhoeken trilden en zijn vingers speelden voortdurend met de bovenste knoop van zijn colbertje.

'Ik ben al bij Bram geweest,' zei hij, 'maar hij stuurde mij naar jou.'

'Wat is er dan?'

Hij schoof onrustig op zijn stoel.

'Ik wil het adres van Bobby.'

'Waarom?'

Hij keek mij met verwilderde ogen aan.

'Begrijp je dat niet? Je denkt toch zeker niet, dat ik op jullie ga zitten wachten. Wat wordt er tegen die schoft gedaan? Niets he, helemaal niets. Maar ik zeg je, als jullie er niets aan doen, dan weet ik wat mij te doen staat.'

Ik zweeg.

'Verdomme,' riep hij uit, 'er bestaat toch wel ergens recht. Bij wie moet ik anders aankloppen, als ik bij de politie niet terecht kan. Wie weet er dan nog beter dan jij, dat hij mijn Mientje de dood heeft ingejaagd. Is dat dan geen moord?'

Ik wist niet goed wat ik zou antwoorden. Van der Kerk wond zich steeds meer op. 'Is dat dan geen moord,' schreeuwde hij. 'Weet jij hoeveel mijn kind geleden heeft voor ze, voor ze...'

Hij liet zijn hoofd op het tafeltje zinken en begon te huilen.

Ik legde mijn hand op zijn schokkende schouder.

'Kom Van der Kerk. Het heeft geen zin om je zo overstuur te maken. Je weet drommels goed, dat wij er niets aan kunnen doen. Wat dacht je? Dan hadden wij hem toch al lang gepakt.'

Hij hief zijn betraand gezicht omhoog. Ik zag een verbeten trek om zijn lippen.

'Geef mij het adres van Bobby,' zei hij.

Ik schudde mijn hoofd. 'Neen, Van der Kerk, dat adres krijg je niet.'

Hij stond op. Zijn houding was veranderd. Hij leek flinker; meer vastberaden.

'Goed,' zei hij, 'dan zoek ik het zelf wel uit.'

Zonder verder iets te zeggen verliet hij het verhoorkamertje. Ik keek hem na. Zijn rug was recht en hij zette zijn voeten stevig op de vloer.

Toen hij bij de deur was riep ik hem.

'Van der Kerk.'

Hij draaide zich om.

'Weet Anna wat je van plan bent?'

Ik zag, dat hij iets van zijn zelfbewuste houding verloor. Hij scheen te twijfelen. Het duurde maar even.

'Neen,' zei hij, 'en het gaat haar ook geen bliksem aan.'

Toen draaide hij zich weer om en verliet de recherchekamer.

Ik bleef een ogenblik in gedachten staan. 'Het kan fraai worden,' mompelde ik in mij zelf. 'De kring van Bobby's vijanden wordt steeds groter.'

'Wat zeg je?' vroeg De Cock van boven zijn kasboek.

Ik schudde mijn hoofd.

'Niets, helemaal niets.'

Ik groette en ging naar huis.

HET was echt gezellig.

Geert ontpopte zich in de huiselijke kring als een vrolijke opgewekte jongeman en een prettig causeur. Hij leek hier een heel andere jongen dan aan het bureau. Marjan en mijn vrouw schenen zijn bezoek bijzonder op prijs te stellen. Vooral Marjan, die naast hem op de bank zat – een arrangement van mijn vrouw – was opgewekt en levendig. Ze babbelde ongedwongen en deed erg haar best om bij hem in de smaak te vallen. Het gebeurde niet opvallend, maar mijn geoefend oog en mijn neiging om elk gebaar en elke stemnuance te analyseren deden mij tot de conclusie komen, dat ik wat Marjan betrof, met het inviteren van Geert een goede daad had verricht. Mijn vrouw acteerde als een volmaakte gastvrouw. Ze had een heerlijke cake gebakken en schonk de koffie, die zij alleen kon brouwen. Haar uiterlijk had ze een beetje boven het alledaagse getild. Ze droeg een van haar nieuwere japonnen en ik zag, dat zij haar gezicht van een weinig make-up had voorzien. Haar lippen hadden een klein accentje gekregen en haar haren waren zorgvuldig gekapt. Ze zag er doorgaans wel verzorgd uit, maar in de regel kon ik de volgende dag niet meer vertellen welke japon zij de dag tevoren had gedragen. Geert zag er uit als een kantoorbediende op zondag. Hij droeg een nieuw effen blauw kostuum, waarbij hij zelfs een passende das had gevonden. Zijn weerbarstige blonde haren had hij met brillantine bedwongen en zo nu en dan blonken zijn tanden in een stralende lach. Het was gewoon feestelijk.

Alleen ik viel een beetje uit de toon. Ik had het, ondanks de protesten van mijn vrouw, niet nodig gevonden mij voor het bezoek van Geert extra om te kleden. Bovendien ontdekte ik, dat ik in de loop der jaren bijna het vermogen had verloren om een gewone luchtige conversatie te voeren. Ik kon mij niet zo best meer voegen. Gewoon in mijn werk had ik daar geen last van. Dan had ik een bepaalde houding en stijl. Maar buiten de sfeer van de politie, wanneer ik dus niet ambtelijk was, had ik enige moeite met aanpassing. Ik bleef dan altijd op een of andere manier een toeschouwer, een buitenstaander, een waarnemer. Het was alsof ik elke handeling, elk gebaar, ieder gesproken woord moest onthouden en interpreteren, zodat ik later, wanneer dat nodig mocht zijn, alles in een proces-verbaal zou kunnen weergeven. Daardoor was mijn houding dan altijd wat krampachtig en voelde ik mij nooit helemaal vrij. Mijn voorliefde voor het detail en mijn heimelijke angst, dat mij ook maar een kleinigheid zou ontgaan, had vaak iets weg van een obsessie. Ik had mij in mijn beroep zo op het waarnemen getraind, dat ik mij zelf er vaak op betrapte, dat ik alles wat ik zag en hoorde, in mijn gedachten reeds in starre ambtelijke zinnen omzette, ook wanneer dat helemaal niet nodig was.

'Jouw vader is een kei van een rechercheur,' hoorde ik Geert zeggen. 'Ik kan nog veel van hem leren.'

Ik glimlachte. Die jongen weet niet wat hij zegt, dacht ik. Leer maar niets van mij. Blijf maar zoals je bent. Dan maar geen goed rechercheur, maar een normaal vriendelijk mens, die niet iedere naaste met achterdocht en wantrouwen tegemoet treedt.

'He toe, Geert, vertel eens wat. Vader vertelt nooit iets. Hoogstens bromt hij 'het was druk,' of 'het was niet druk.' Meer hoor je niet.'

Geert aarzelde. 'Ik weet niet of...'

'Och let nu niet op vader,' zei Marjan. Ze trok een pruillipje. 'We zijn hier niet op bureau.'

'Nu goed dan,' zei Geert en toen vertelde hij het verhaal van Mientje.

Hij vertelde het uitvoerig. Zijn eigen zwakke momenten verzweeg hij, maar de typeringen van de mensen, die in het verhaal een rol speelden, waren juist. Marjan en mijn vrouw luisterden geboeid toe.

'Ze was getrouwd met Bobby Brakel, een hele slechte vent. Hij had haar in de steek gelaten en...'

Geert vertelde met een ondertoon van emotie.

Toen hij de naam Bobby Brakel noemde, keek ik naar Marjan. Het gebeurde ongewild. Ik schrok. Mijn ervaringen in het waarnemen van reactie, in talloze verhoren opgedaan, konden mij niet bedriegen. De naam Bobby Brakel had bij Marjan een kleine reactie teweeggebracht. Het was minuscuul, een lichte trilling en een kort opflitsen van een zwakke blos op haar wangen. Ik wreef met mijn hand langs mijn ogen. Had ik het wel goed gezien?

Geert vertelde verder. De naam Bobby Brakel werd nog een paar maal genoemd, maar hoe scherp ik ook toekeek, ik kon bij Marjan geen reacties meer ontdekken.

De avond verliep in een gezellige sfeer. Mijn vrouw bracht een flesje wijn op tafel en serveerde verder van die kleine attracties, die een avond een feestelijk cachet kunnen geven.

Ik deed mijn uiterste best om ongedwongen aan de conversatie deel te nemen. Het kostte mij moeite. In mijn hoofd hamerde: ze-kent-Bobby, ze-kent-Bobby, hoe?

Toen Geert afscheid nam, zei mijn vrouw, dat hij nog maar eens gauw moest terugkomen. Geert beloofde het en bedankte mijn vrouw hoffelijk voor de gezellige avond. 'Tot morgen,' zei hij tegen mij. Marjan bracht hem naar de buitendeur. Ze nam er de tijd voor.

Mijn vrouw ruimde de glaasjes en kopjes op. 'Een aardige jongen, die Geert,' zei ze. 'Het is wel wat voor Marjan. Je moest hem maar vaak uitnodigen.'

Ik knikte.

Na een poosje sloeg de buitendeur en even later kwam Marjan de kamer in. Mijn vrouw stond bij de tafel met een paar kopjes in haar handen. 'Een aardige jongen. Vind je niet, Marjan?'

'Ja mam, een leuke vent. We hebben een afspraakje gemaakt voor zaterdag. We gaan samen naar de bioscoop.'

Ze maakte een walspasje in de kamer, zodat haar rok uitwaaide.

'Toe maar,' zei mijn vrouw lachend, 'jullie laten er geen gras over groeien.'

Marjan keek naar mij.

'Bezwaren paps?'

'Neen Marjan.'

De volgende morgen stonden Geert en ik bij de ingang van de begraafplaats. We hadden bij het administratiekantoortje gevraagd naar de klasse en het nummer van het graf en stonden nu te wachten op de stoet.

Om prompt tien uur kwamen de wagens langzaam aanrijden. De stoet stopte bij de ingang en de begrafenisondernemer stapte uit. Toen hij mij zag lichtte hij zijn hoge hoed en knikte vriendelijk. Hij hield mij te vriend, want ik beval zijn onderneming nog wel eens aan, wanneer ik in mijn werk met een plotselinge dood in aanraking kwam en de familie nergens op had gerekend. De wagens reden langzaam verder naar de aula. Ik vroeg mij af of bij begrafeniswagens de frictieplaten niet snel zouden verslijten. Dat voortdurend slippend rijden was moordend.

De familie stapte uit en zwijgende mannen in zwart met zilver droegen de kist, die met een lang kleed was bedekt, naar binnen. Er klonk orgelmuziek en ik herkende het 'Nonnenkoor' uit Casanova. Enige vrouwen snoten hun neus achter een voile.

Toen de orgelmuziek was weggestorven namen de zwijgende mannen de kist weer op en droegen haar naar buiten. De familie volgde. Hun schuifelende voeten knarsten in het grind. Geert en ik bleven op grote afstand. Toen de familie zich om de groeve had geschaard kwamen we wat naderbij. Een man in stemmig zwart sprak een paar woorden. De klanken waaiden over ons heen. Ik dacht, dat niemand luisterde.

Ik zag Bram. Zijn gezicht had die gelegenheidsplooi, die ik zo goed kende. Hij stond naast Van der Kerk, die zijn handen krampachtig had gevouwen. Achter hem stond Anna. Ze droeg een zwarte mantel en een zwarte hoed. Dat was de enige rouw, die ik aan haar ontdekte. In de buitenste kring stonden een paar vrouwen uit de buurt. Ze waren een beetje vreemd uitgedost, maar hun verdriet leek echt.

Toen het kleed van de kist werd genomen keek ik toe. Ik moest erop toezien, dat de verzegeling nog intact was. Het was in orde. De stalen banden zaten nog strak en de zegels waren gaaf. De controle van de verzegeling bij de teraardebestelling is maar een formaliteit. Maar het moet gebeuren. Het is voorschrift.

Toen de kist langzaam zakte, gaf ik Geert een wenk. We trokken ons geruisloos terug en liepen langs allerlei paadjes terug naar de uitgang. Er scharrelden een paar eenzamen tussen de graven, wandelende gedachten in het verleden.

De plechtigheid had maar kort geduurd. Wij hadden de begraafplaats al bijna verlaten toen Bram ons achterop kwam.

'Jullie kunnen wel met ons mee terug rijden,' zei hij, 'er is plaats genoeg.'

Ik schudde mijn hoofd. 'Neen Bram, het is erg vriendelijk, maar ik ga liever met de tram.'

'Zoals je wilt,' zei hij en liep terug.

Geert en ik stapten zwijgend verder. We waren nog niet bij de tram toen de wagens ons al voorbijreden. Het ging nu snel.

Het verdere gedeelte van de dag besteedde ik aan een paar oude zaken. Geert sloot het proces-verbaal van de zaak Mientje af. Toen hij ermee klaar was, liet hij het mij zien. Het zag er keurig uit. 'Een mooi stukje werk, he,' zei hij trots. Ik knikte. Geert begon al rechercheur te worden.

Ik ging wat vroeger naar huis. Ik had thuis nog een paar karweitjes op te knappen, die ik al zo lang had uitgesteld en bovendien wilde ik eens een vertrouwelijk gesprek met Marjan. Mijn vrouw was een dagje naar haar moeder en de gelegenheid leek mij gunstig. Ik wilde mijn vrouw erbuiten houden. Het moest tussen Marjan en mij blijven.

Toen ik klaar was kleedde ik mij om en ging op weg om Marjan van kantoor te halen. Ik deed dat wel meer. Wanneer mijn vrouw een dagje naar haar moeder was, aten Marjan en ik in de stad. We maakten er meestal een gezellige avond van. Ik was erg op mijn dochter gesteld. We konden het best samen vinden. Mijn vrouw vond, dat ik nogal streng voor haar was, maar Marjan had zich tegenover mij daarover nooit beklaagd. Wanneer ik haar iets verbood, wat zelden gebeurde, dan legde zij zich daarbij neer. Ze had haar dansavondjes en vrienden. Voor zover in mijn vermogen lag hield ik haar doen en laten een beetje in het oog. Maar hoever lag mijn vermogen? Ik had mij altijd voorgenomen geen politieman te zijn voor mijn eigen dochter en ik ging haar gangen dan ook niet na. Ik vertrouwde erop, dat de opvoeding, die ik haar gegeven had, een voldoende basis was. Mijn eigen vader had altijd gezegd: een goed kind regeert zich zelf. Deze stelregel had ik ook op Marjan toegepast en er daarbij op vertrouwd, dat zij een goed kind was.

Eigenlijk zag ik er een beetje tegenop om het onderwerp Bobby Brakel aan te snijden. Waarop berustte mijn vermoeden, dat zij hem kende. De reactie van haar tijdens het vertellen van Geert was uiterst miniem geweest. Ik vroeg mij af of een zekere angst mijn waarneming niet had beïnvloed. Ik had er gisterenavond niet over willen beginnen. Het was gezellig geweest en ik had de avond niet willen bederven. Maar het had mij niet losgelaten, geen moment. Voortdurend had de gedachte mij gekweld. Sinds gisteravond, of eigenlijk al sinds mijn laatste bezoek aan Bobby, kolkte bij mij van binnen een stinkende brij, waaruit voortdurend gifbellen van haat opborrelden. Ik had ernstig geprobeerd mij tegen dat smeulende vuur, dat mijn denken verteerde te verzetten en getracht alles verstandelijk te benaderen, maar het lukte niet. Het onttrok zich aan de rede; scheen niet vatbaar voor een objectieve beschouwing. Het had iets dierlijks. Of was het alleen maar menselijk. Ik wist het niet meer. Ik wist alleen maar één ding heel zeker; als Bobby het gewaagd had ook maar een vinger naar Marjan uit te steken, dan zou hij mij op zijn weg vinden, niet als rechercheur, geklemd tussen strakke voorschriften, maar als een vader, die zijn kind verdedigd. En dat was heel iets anders. Ik ondervond dat nu uit eigen ervaring.

Ik dacht eraan wat ik zou doen. Welke stappen ik zou kunnen ondernemen. Zuiver legaal had ik mij op dit probleem al doodgestaard. Ik liep nu al jaren loerend achter dat sujet aan, zonder ooit maar de kans te hebben gehad hem in de bepalingen van de Wet te strikken. Ik zou hem natuurlijk een aframmeling kunnen geven, zo in de geest van Haagse Bertus. Maar ik bezat niet die geweldige lichaamskracht. Ik was bovendien een stuk ouder dan Bobby en het was dus nog te bezien of ik fysiek tot zo'n krachttoer in staat was. Neen, ik zou dan te veel risico's nemen en een aframmeling was ook nog geen oplossing. Het moest afdoende zijn. Ik overwoog of ik tot een moord in staat was. Gewoon een kille moord, koelbloedig en met overleg uitgevoerd. Ik dacht van wel. Ik was doorgaans mijn emoties de baas. Ik zou niet gauw in paniek raken. Psychisch had ik veel voor. Ik was gewend om in allerlei situaties met kalm overleg te werk te gaan. De meeste moordenaars maakten fouten, omdat zij in een soort roes handelden. Zij waren meest in een toestand van overspanning. Wanneer de omstandigheden zich onverhoeds wijzigden waren zij de lijn van hun denken kwijt en raakten in paniek. Dat zou mij niet zo gemakkelijk overkomen. Al had ik dan tot nu aan de andere zijde gestaan, de misdaad was ten slotte mijn terrein. Ik had op dit terrein meer ervaring dan welke misdadiger ook. Plotseling besefte ik, dat ik in gedachten al met de voorbereidingen bezig was. Een interessante gedachte, vond ik. 'Hoe pleeg je als rechercheur een moord?'

Ik was inmiddels bij het kantoorgebouw gekomen waar Marjan werkte. In een glazen hokje bij de ingang zat een güniformeerde portier. Hij geeuwde. Ik keek op de grote klok in de hal. Ik was veel te vroeg. Het duurde zeker nog wel een half uur voordat Marjan naar buiten zou komen. Ik wilde eerst nog een paar blokken rondlopen, maar bleef ten slotte maar naast de ingang staan en keek naar het verkeer, dat voorbijraasde. Ik stak mijn handen in mijn zakken van mijn jas en leunde met mijn rug tegen de muur.

Mijn gedachten dwaalden weer naar Bobby Brakel. Zo'n man was toch niet waard, dat hij leefde. Wat had de maatschappij aan zo'n man. Niets. Hij was een parasiet; een parasiet van onze samenleving. In zekere zin waren we natuurlijk allemaal parasieten. We leefden van elkaar. Maar dat was meer een vorm van symbiose. Het met en naast elkaar leven was niet altijd een onverdeeld genoegen, maar we hadden elkaar nodig. Op een of andere manier leverden we allemaal een tegenprestatie. Wat was zijn bijdrage?

Voor een prostituée, ja, voor een prostituée kon ik nog wel enig gevoel opbrengen. In de jaren, dat ik nu in het wereldje van de prostitutie rondkeek, was mijn instelling, gebaseerd op een christelijke opvoeding in mijn jeugd, wat veranderd. Ik zag ze niet meer als belagers van het huwelijk, maar meer als slachtoffers daarvan. Als er geen mannen waren, die van hen gebruik maakten, bestonden er ook geen prostituées. Men kon de zaak natuurlijk ook omdraaien. Maar dan? Meer verkrachtingen, meer aanrandingen? Er bestonden daarover geen statistieken. Prostitutie was bijna zo oud als de wereld. En de souteneurs? Er waren zoveel soorten. Maar Brakel behoorde tot het slechtste soort, dat stond voor mij vast.

'Hoe pleeg je als rechercheur een moord?'

De gedachte kwam weer terug. Ik moest het natuurlijk doen, wanneer ik zelf de dienst had. Het was niet zo moeilijk om daarvoor te zorgen. Ik zou dan haast automatisch de zaak moeten behandelen. Dat was gebruikelijk. Het moest dan wel binnen het resort van mijn eigen sectie gebeuren, anders kwamen er vreemde rechercheurs aan te pas. Mensen, die ik niet zo goed kende en die ik niet gemakkelijk zou kunnen beïnvloeden. Dus in mijn eigen sectie, bij voorbeeld de woning van Bobby. Er zou natuurlijk een hele stoet autoriteiten komen; de officier van Justitie, de rechter-commissaris, de hoofdcommissaris en nog zovelen. Maar daar was ik niet zo bang voor. Zij waren meer mensen van de theorie, niet van de praktijk. Ik wist waar ze op zouden letten. Ik wist welke fouten ik persé zou moeten vermijden. Ik kende toch alle kneepjes. Bovendien, wie zou mij, een man met twintig jaren trouwe dienst, verdenken. Ik glimlachte. Ze kwamen er nooit achter.

Men zou mij het onderzoek geven en als ik de dader niet vond, wie zou hem dan vinden? Ik kon dan ook altijd achteraf nog maatregelen nemen. Ik zat toch met de vinger aan de pols. Men zou besprekingen houden en theorieën opbouwen en ik zou erbij zijn en suggesties doen. Verkeerde suggesties natuurlijk. Maar ze zouden naar mij luisteren. Ik had toch zoveel ervaring! De gedachten wonden mij een beetje op. Ik bemerkte, dat ik het prettig vond om met het idee te spelen.

Ik dacht aan het ziekelijke bleke gezicht van Bobby en zijn vadsig lijf, uitgestrekt op de divan. Wat was er aan hem verloren? Moreel achtte ik het wel verantwoord. Ik dacht aan Ageeth en Mientje, die vanmorgen was begraven. Van der Kerk had gelijk: 'was dat dan geen moord?' Was recht dan alleen maar een stel wetten, artikelen en paragrafen? Was recht dan ook niet zo iets, dat men van binnen voelt, zo'n ondefinieerbare scheidslijn, die het menselijk handelen verdeelt in twee categorieën; goed en kwaad. Het was een vage lijn. Ik had al dikwijls bij mij zelf opgemerkt, dat die lijn vol kronkels was en lang niet altijd overeenkwam met het recht, dat ik verondersteld werd te handhaven. Maar er waren grenzen. Ik kon vanuit mijn gevoel geredeneerd toch zeggen of iets goed was of slecht, afgezien van wat de wettelijke norm stelde. Ik was daardoor al dikwijls in gewetensconflicten geraakt. Ik kon lang niet iedere daad, die binnen de omschrijving van een wetsartikel viel, als een kwaad of een onrecht aanvoelen. Ik had meermalen met een bloedend hart een proces-verbaal opgemaakt, alleen omdat mijn beroep dat eiste. Ik heb dat altijd als een verraad aan mij zelf beschouwd. Dan waren er momenten, dat ik mijn ontslag wilde indienen. Maar ik was altijd te laf geweest om de consequenties voor mij en mijn gezin te aanvaarden. Het gaf mij een gevoel van wroeging. De redenering, dat het oordeel niet aan mij, maar aan de rechter was gegeven, had dat gevoel nooit helemaal kunnen verdrijven. Maar ook wanneer ik menselijk gedrag ontmoette, dat ik wel als een onrecht aanvoelde, maar dat niet in wettelijke bepalingen kon worden gevangen, had ik met mijn geweten gevochten. Maar op den duur, in een langzaam proces, had ik alles aanvaard en was geworden tot wat ik nu ben, een automaat zonder ziel, een mechaniek van wetten en voorschriften.

Ik had mij zo rustig op het kussen der berusting te slapen gelegd. Een zoete sluimer. Maar Geert was gekomen en had bij mij herinneringen wakker geroepen uit mijn ik van vroeger. En dan Bobby, die in mij instincten deed ontwaken, waarvan ik mij niet eens bewust was, dat ze in mij leefden.

Bobby, daar was hij weer, terug in mijn gedachten. Wat zou men in de oertijd met een man als Bobby Brakel hebben gedaan, toen men nog geen geschreven recht kende? Vermoedelijk had hij dan niet lang geleefd. Een of andere vertoornde vader of broer zou al spoedig tussenbeide zijn gekomen. Maar de samenleving is gecompliceerd geworden. In plaats van de wraak hebben we nu het recht en gerechtsdienaren. Ik was er een van. Maar wat had ik gedaan toen Mientje in de gore handen van Bobby terechtkwam? Ik wist toch vooruit wat de gevolgen zouden zijn. Ik had wel is waar haar zelfmoord niet voorzien, maar was ik vrij van schuld? Ik had slechts lijdelijk toegezien en was keurig binnen de perken van de Wet gebleven.

Maar als de Wet te kort schiet en mannen zoals Bobby de gelegenheid biedt om ongehinderd hun vuile praktijken te bedrijven, kon ik mij dan maar rustig achter de dode letter van de Wet verschuilen?

Schuld? Had ik schuld? Waarom had de dood van Mientje mij zoveel dieper aangegrepen, dan al die andere moorden en zelfmoorden, die ik in mijn loopbaan al was tegengekomen? Waarom had ik zo hardnekkig geprobeerd mij achter een façade van onverschilligheid te verbergen? Was het een gevoel van schuld? Mijn hoofd gonsde van de gedachten. En als Marjan nu eens..., zou ik dan ook lijdelijk toezien? Ik beet op mijn onderlip. 'Hoe pleeg je als rechercheur een moord?'

'Hee, paps, sta je daar al lang?'

Ik werd plotseling tot de werkelijkheid teruggeroepen. Voor mij stond Marjan. Ik had niet eens gemerkt, dat het grote kantoorgebouw al doende was zijn slaven uit te spuwen, zo was ik verdiept geweest in de kringloop van mijn zonderlinge gedachten.

'Ja,' zei ik met een vage glimlach, 'ik sta hier al een poosje.'

'Het is, dat ik zo'n idee had, dat je er zou staan,' zei ze, 'anders had ik je niet eens opgemerkt en was je gewoon voorbijgelopen.'

Ze lachte. 'Die paps toch; altijd met zijn gedachten bij zaken.' Ze gaf mij een arm.

'Waar gaan we heen, Marjan? Jij mag het zeggen.'

'Laten we naar die Chinees gaan. Weet je nog, daar hebben we de vorige keer ook zo lekker gegeten.'

'Die Chinees,' was een Chinees restaurantje in de oude binnenstad van Amsterdam, dat wijd en zijd om zijn heerlijke gerechten grote vermaardheid genoot. En terecht. Wanneer ik 's avonds doorwerkte en geen tijd had om naar huis te gaan, liet ik er nog wel eens een portie nassi-goreng voor mij halen. Ik kreeg het dan keurig verpakt in vetvrij papier.

Het is soms een voorrecht van een rechercheur, dat hij nog wel eens in de gelegenheid is om achter de schermen te kijken. Zo was ik eens in de keuken van het restaurant geweest en had met eigen ogen kunnen zien hoe zorgvuldig en proper de gerechten werden bereid. Mijn bezoek aan die keuken was geen kwestie van nieuwsgierigheid. Twee Chinezen hadden elkaar over en weer met een pollepel op het hoofd geslagen. Omdat deze handelingen niet bij het bereidings-ritueel stonden voorgeschreven, maar pure uitingen waren van een gerezen tweedracht, was ik er bij gehaald om het geschil te beslechten. Het werd een conversatie met veel hand- en voetwerk, want het is voor een Nederlander geen eenvoudige zaak om twee opgewonden kwetterende Chinezen te begrijpen en dan bovendien nog een voor beide partijen aanvaardbaar compromis te vinden. Op een of andere manier lukte het mij en sindsdien werd ik in het restaurantje met veel eerbetoon ontvangen, hoewel ik eerlijk moet bekennen, dat ik vandaag aan de dag nog niet weet waardoor het pollepel-duel was ontstaan.

Marjan en ik gingen in een hoekje van het restaurant zitten en een altijd glimlachende Chinese bediende serveerde zwijgend louter lekkernijen. Toen we de maaltijd met een kop koffie besloten en een gevoel van behaaglijkheid mij overviel, leek alles zo vredig, dat ik er een ogenblik aan dacht om het onderwerp Bobby voorlopig maar te laten rusten. Maar de gelegenheid was gunstig en het was de vraag of zich spoedig weer zo'n gunstige gelegenheid zou voordoen. Het zou minstens een week duren voordat mijn vrouw weer een dagje naar haar moeder ging en ik Marjan voor mij alleen had. Zolang wilde ik niet wachten. Ik wilde die kwellende onzekerheid kwijt.

'Dus je gaat zaterdag met Geert uit,' begon ik. Het leek mij een goede opening.

'Ja, we gaan naar de bioscoop. Geert zou voor kaartjes zorgen. Hij had een bepaalde film op het oog.'

'Het is een aardige kerel die Geert. Ik mag hem wel.'

'Ik ook,' zei Marjan lachend.

'Verliefd?'

'Och kom, dat kan toch nog niet. Ik heb hem nog maar één avond gezien.' Ze keek mij plagend aan. 'Ik vraag mij trouwens af of ik met een mensenjager zou willen trouwen. Ik zie het toch aan jou. Je bent altijd met je gedachten bij je werk. Ik wil een man, die ook wel eens aan mij denkt.'

'Ja,' zei ik peinzend, 'ons werk laat je niet gemakkelijk los. Je hebt altijd met mensen te doen. Moeilijk materiaal om te bewerken. Geert had gisteravond ook maar weinig aanmoediging nodig om het verhaal van die arme Mientje te vertellen.'

Marjan zweeg.

Pas na een poosje zei ze: 'Heb jij die Mientje nog gekend? Ik bedoel, voordat ze...'

Ik knikte.

'Wat was zij voor een meisje?'

'Och Marjan, dat is zo moeilijk te zeggen. Ik vond haar wel aardig. Ze was niet ordinair of plat, zoals de meesten. Ze is eigenlijk nooit helemaal afgezakt naar het peil van de buurt. Ze kwam ook uit een nette familie. Haar moeder is jong gestorven. Ze is in feite alleen door haar vader opgevoed. Ik weet, dat hij zijn best heeft gedaan en het zou onredelijk zijn om hem een verwijt te maken. Ik denk, dat Mientje als kind heel erg aan haar vader was gehecht. De kortsluiting kwam toen ze wat ouder werd. Mientje was zestien jaar, toen haar vader er achter kwam, dat ze verkering had. Hij was fel tegen die verkering gekant. Hij had allerlei bezwaren. Hij vond haar te jong en in zijn ogen was die jongen van haar een slungel, waaruit niets kon groeien. Op aandringen van haar vader liet ze die jongen los en verbrak de verkering. Niet lang daarna nam hij een vrouw in huis, die het predicaat 'huishoudster' krijgt aangemeten. We hebben niet het recht om een ander zijn daden te bekritiseren, haar vader was al zolang zonder een vrouw geweest, maar ik geloof, dat hij dat beter niet had kunnen doen. Het was misschien beter geweest, wanneer hij daarmee nog wat gewacht had. Het was nogal riskant. Ik bedoel, het is altijd de vraag hoeveel begrip je in dergelijke gevallen van je kinderen kunt verwachten. Mientje heeft dat begrip vermoedelijk niet kunnen opbrengen. Haar huwelijk met die man was, zo voel ik dat, eigenlijk een protest tegen haar vader. Uit de afscheidsbrief, die ze hem schreef, kwam dat ook wel naar voren. Het was een afschuwelijke brief. Om zo'n brief van je eigen dochter te ontvangen, nadat zij zich van het leven heeft beroofd, moet voor een vader iets verschrikkelijks zijn. Begrijp je,

Marjan. Ik kon hem die brief niet geven. Er was geen discussie meer mogelijk. Mientje had zich daaraan onttrokken. Haar afscheidsbrief was haar laatste woord. Haar vader kon zich niet meer verdedigen. Ze had hem die kans ontnomen. Daarom ontnam ik haar het laatste woord. Ik heb die brief verbrand.'

Marjan keek mij verschrikt aan.

'Mag je dat vader?'

Het viel mij op, dat ze het woord 'vader' gebruikte. Ze zei meestal 'paps'.

Ik schudde mijn hoofd.

'Neen Marjan, dat mag ik niet. Het is dan ook een geheim. Een geheim tussen jou en mij. Geert weet niet wat ik met die brief heb gedaan.'

Ze knikte met een ernstig gezicht.

Ik nam nog een slok koffie.

'Dit alles heeft natuurlijk niets te maken met het aandeel van Bobby. Hij vond slechts een vrouwtje, dat hij in de prostitutie kon brengen. Dat hij met haar trouwde had niets met liefde of verantwoordelijkheid te maken. Het was slechts een middeltje om zich zelf tegen de Wet te beschermen.'

'Die Bobby Brakel,' – ze sprak aarzelend – 'is dat zo'n zwarte man met een rode sportwagen?'

Het was alsof plotseling iedere vezel van m'n lichaam zich spande en het kostte mij moeite om zo toonloos mogelijk te zeggen: 'Hoezo, ken je hem dan?'

Haar vingers speelden met mijn pakje sigaretten, dat voor haar lag. Ze peuterde het cellofaantje los en frommelde het in elkaar. Het gaf een knisperend geluidje.

'Ik heb het je niet willen zeggen, paps. Je zou je nodeloos ongerust hebben gemaakt.'

'Wat Marjan, wat heb je mij niet willen zeggen?'

'Je moet het goed begrijpen,' zei ze. 'Pas gisteren uit het verhaal van Geert begreep ik, wat voor een soort man die Bobby was.'

Ik popelde. Ik had haar de woorden uit haar mond willen trekken, maar ik beheerste mij. Ik voelde mijn bloed in mijn vingertoppen vibreren en mijn trommelvliezen waren zo gevoelig, dat het geluid van een paar tikkende messen en vorken pijn deed aan mijn oren.

'Ik had het je al eerder kunnen vertellen,' zei ik scherp.

Ze keek mij met grote ogen aan.

'Maar paps, jij vertelt toch nooit iets. Alleen vanavond ben je zo spraakzaam. Wat weet ik van het wereldje, waarin jij werkt? Wat weet ik van mannen, zoals Bobby? Wat weet ik van hun praktijken? Ik heb er wel eens iets over in boeken gelezen en zo nu en dan staat er wat in de krant. Maar het is allemaal zo vaag, zo ver weg ook, en zo onwezenlijk, dat je er niet in gelooft. Het heeft vaak iets weg van een boeman om je als jong meisje in te prenten, dat je vooral niet met vreemde mannen moet meegaan. Als je dan wat ouder wordt verdwijnt de angst en dan stel je je voor, dat je zo'n man direct zult herkennen. En jij heb mij nooit wijzer gemaakt.'

Ik liet mijn hoofd iets zakken. Ze had gelijk. Het had geen zin om het te ontkennen. Marjan reikte met haar arm over het tafeltje en beroerde mijn hand met haar vingers.

'Het is geen verwijt hoor. Ik geloof, dat ik wel begrijp waarom je thuis nooit over je werk praat. Alleen, ik was nu niet gewaarschuwd.'

'Is er dan wat gebeurd?' vroeg ik hees.

'Neen,' zei ze kalm, 'maar het had toch gekund.'

Ik knikte.

'Zie je paps, hij was te opdringerig. Ik zou haast zeggen, te ervaren. Ik voelde ergens van binnen een afkeer, hoewel ik hem wel aardig vond. Maar hij was te glad, te soepel. Begrijp je wat ik daarmee bedoel?'

'Ja Marjan, ik begrijp het.'

Ze zweeg en scheen in gedachten verzonken.

'Weet je waar hij woont?' vroeg ik.

Marjan keek mij strak aan.

'Paps, waarom langs een omweg? Waarom vraag je me niet rechtstreeks of ik iets met hem heb gehad. Dat bedoel je toch?'

'Je hebt gelijk Marjan. Waarom langs een omweg. Ik besef eigenlijk pas vanavond voor het eerst, dat je volwassen bent. Ik kan een eerlijk antwoord verwachten.'

Ze glimlachte. 'Dat antwoord heb je al. Ik heb je toch al gezegd, dat er niets is gebeurd. Hij heeft mij een paar maal naar huis gebracht en omdat hij te opdringerig, of laat ik zeggen te vrijpostig werd, heb ik hem gezegd, dat het uit was en dat ik niet meer door hem naar huis gebracht wilde worden. Dat is alles.'

'En liet hij het daarbij?'

'Dat is het nu juist. Hij valt mij nog steeds lastig. Hij weet waar ik werk. Hij belt mij wel een paar maal per dag op en soms staat hij 's avonds bij het kantoor. Het is bar vervelend. Ik ben al een paar maal van plan geweest om het je te vertellen.'

'Waar heb je hem ontmoet?'

'Dat was op een dansavondje bij Peeters, je weet wel, dat zaaltje waar meest jongelui komen. Ik heb hem daar al dikwijls gezien. Hij komt daar vaak. Ongeveer twee maanden geleden kwam hij op een avond naar mij toe en vroeg of ik Marjan Versteegh was. Ik vond het vreemd, dat hij mijn naam kende, maar hij zei, dat hij mij altijd zo charmant had gevonden en dat ik zoveel indruk op hem had gemaakt en dat hij daarom bij andere meisjes naar mijn naam had geïnformeerd. Ik vond het eerlijk gezegd wel leuk en die avond bracht hij mij met zijn sportwagen naar huis.'

'Bracht hij je tot voor de deur?'

'Neen, hij zei: "Sommige vaders vinden het niet prettig wanneer hun dochters met een wagen worden thuisgebracht." '

Ik zuchtte diep. 'Luister eens Marjan,' zei ik ernstig, 'je moet mij één ding beloven.'

Ze schudde heftig haar hoofd. 'Het hoeft niet,' viel ze mij in de rede, 'ik weet best wat je zeggen wil. Wees maar gerust. Ik ga al een paar weken niet meer naar Peeters en u kunt ervan op aan, dat ik elk contact met die Bobby zal vermijden. Trouwens, ik heb nu toch een nieuwe vriend.'

'Geert?'

Ze lachte.

'Bezwaren, paps?'

'Neen Marjan.'

We gingen wandelend naar huis. Marjan en ik liepen stijf gearmd. Ik vond het prettig. Het leek mij toe of wij dichter tot elkaar waren gekomen, of we elkaar hadden gevonden, opnieuw, op een ander niveau. We babbelden gezellig en ik bemerkte, dat ik vrijer sprak. Ik was een paar remmen kwijt en voelde mij zekerder. Ik vertelde zelfs van mijn werk en de moeilijkheden, die ik daarin persoonlijk ondervond. Marjan luisterde en uit de opmerkingen, die zij maakte, proefde ik begrip. Ik vertelde haar wat volgens mij de diepere achtergronden waren van de avances, die Bobby haar had gemaakt; dat hij middels haar mij had willen treffen en dat hij daarop zelfs eens had gezinspeeld. Ik was trots op mijn Marjan, omdat zij had standgehouden tegen de geperfectioneerde verleidingstechniek van Bobby. Maar dat zei ik haar niet.

Ik wist wat mij nu verder te doen stond. Bobby zou Marjan niet meer lastig vallen en ik zou daar voor zorgen, hoe dan ook. Hij vormde een bedreiging, niet alleen voor Marjan, maar voor ieder meisje, dat dom en onervaren genoeg was om op zijn avances in te gaan.

Ik peinsde. Hij ging dus naar dansavondjes en bestudeerde daar zijn toekomstige slachtoffertjes. Dat had ik uit de woorden van Marjan begrepen. Ik wist dat nog niet, hoewel ik mij er al steeds over had verwonderd, hoe hij aan nieuw 'materiaal' kwam. Ik wist van sommige souteneurs, dat ze wel bij de stations rondscharrelden en daar galant aanboden koffers te dragen voor die meisjes, waar ze 'wat' inzagen, maar men had mij nog nooit bericht, dat Bobby daar gezien was. Ik zou nog eens proberen na te gaan, waar hij Ageeth en Mientje had 'opgepikt', en hoe hij aan die nieuwe 'ster' was gekomen, waarmee hij de laatste tijd weer veel werd gezien. Ik grijnsde. Maar dat zou allemaal niet meer nodig zijn, wanneer het kwaad zelf met wortel en tak was uitgeroeid.

Mijn vrouw bleek al thuis te zijn. Ze zette nog een kop koffie, deed omstandig verslag van haar bezoek aan haar moeder en ging daarna naar bed. Ook Marjan verdween naar haar slaapkamer. Ik bleef nog een uurtje zitten lezen en rookte een paar sigaretten. Toen ik er van overtuigd was, dat beiden sliepen, trok ik mijn overjas aan. Mijn schouderholster had ik omgedaan. Voordat ik de deur uitstapte controleerde ik mijn pistool. In de houder zaten zes patronen. Ik trok de slede achteruit en bracht een kogel voor de loop. In de woning liet ik de lichten branden en trok de buitendeur zachtjes achter mij dicht.

HET was ongeveer één uur 's nachts toen ik het politiebureau aan de Warmoesstraat binnenstapte. Achter de balie heerste een koortsachtige drukte. De telex ratelde en de telefoons rinkelden om beurten. De wachtcommandant hield te midden van dit tumult het hoofd koel. Met een geruststellende kalmte noteerde hij de binnenkomende meldingen en dirigeerde zijn manschappen naar de plaatsen waar de hulp van de politie werd verlangd. Zijn opdrachten waren kort en nooit strak omlijnd. In de regel was het: 'ga eens kijken,' of 'zie maar wat je doen kunt.' Zo nu en dan keek hij door het luikje naar de agenten-wachtkamer en hield toezicht op zijn voorraad agenten. Hij sprong er altijd zuinig mee om. Zijn ervaring had hem geleerd er altijd een paar achter de hand te houden voor het geval, dat er plotseling iets kwam, waarbij de directe assistentie van de politie onontbeerlijk was, zoals een grote brand, een ontploffing, een omvangrijke vechtpartij of zo iets ingewikkelds als een moord.

Aan de balie bemerkt men pas hoe omvangrijk en onmisbaar de schakel is, die de politie in de samenleving inneemt. Er is praktisch geen terrein in het maatschappelijk verkeer, waarmee de politie niet op een of andere manier heeft te maken. Ik heb een grote bewondering voor die mannen in uniform, op wie voortdurend een beroep wordt gedaan en van wie wordt verwacht, dat zij onmiddellijke beslissingen nemen in vaak de meest bizarre situaties. Het is heel eenvoudig om achteraf kritiek te leveren. En wanneer in die duizend en één assistentiegevallen eens een onjuiste, of door het publiek niet begrepen beslissing is genomen, dan barst de kritiek los. De altijd in het openbaar optredende politie is een gewild object voor journalisten, die er op uit zijn om hun krant een 'fijn' stukje te bezorgen, dat door het publiek zal worden 'gevreten,' zoals dat in vaktermen heet. Dat de meeste kritiek zonder kennis van zaken wordt gegeven, is de journalist met zijn in de regel geringe kennis van het métier en de haast, die onvermijdelijk aan zijn beroep is verbonden en dus geen, of weinig ruimte laat voor een bezonken beschouwing, niet altijd kwalijk te nemen. Maar inmiddels is het kwaad geschied en is bij het publiek weer eens de indruk gewekt, dat de politie niet voor haar taak is berekend. Dit kweekt onbehagen. En bij het publiek én bij de politie.

De politie stelt zich op het standpunt, dat zij in het openbaar haar beleid niet behoeft te verdedigen. Men kan hierover denken hoe men wil, maar in het algemeen is dit standpunt, in deze tijd met zijn grote mogelijkheden aan massa-communicatie, zoals pers, radio en televisie, niet juist.

Het publiek krijgt nu altijd een eenzijdig beeld. Het hoe en waarom van een beslissing of optreden wordt van de zijde van de politie niet belicht. Het gevolg is, dat de verwijdering tussen politie en burgerij steeds groter wordt, terwijl er juist een toestand moet groeien van wederzijds begrip.

De politie staat in dienst van de burgerij en niet andersom. De burgerij heeft het recht op voorlichting, ook van de zijde van de politie. Zonder hoor en wederhoor is geen juist oordeel mogelijk. Het is vreemd, dat men juist bij de politie van dit feit nog niet is doordrongen. Wanneer de politie in felle kritiek wordt aangevallen, dan hult zij zich in een hooghartig stilzwijgen. Het is een houding, die hoe dan ook geen bewondering afdwingt en vaak de indruk wekt, dat men bij de politie iets heeft te verbergen. En dat is, voor zover ik de politie ken, toch niet het geval. Natuurlijk worden er wel eens fouten gemaakt. Waar niet?

Wanneer men als politieman de kritieken leest – en ze worden gelezen en besproken – dan kan men zich moeilijk aan de indruk onttrekken, dat men bij de beoordeling van de onmogelijke basis van onfeilbaarheid uitgaat. Maar wie in de onfeilbaarheid van de politie gelooft, komt bedrogen uit. Van dat bedrog kan men niemand een verwijt maken, want men heeft zich zelf bedrogen. Ten overvloede zij nog eens opgemerkt, dat de politie een menselijke instelling is; door mensen gesticht en door mensen in stand gehouden. Elk optreden van de politie is het optreden van mensen. Onfeilbare mensen bestaan er gelukkig niet, zodat van elk mens, ook van de politieman, fouten verwacht kunnen worden. Een fout is natuurlijk altijd betreurenswaardig en het spreekt, dat fouten zoveel mogelijk moeten worden voorkomen. Maar Abraham Lincoln heeft eens gezegd: 'Wie niet in staat is een fout te maken is tot niets in staat.'

Hoe meer ervaring een politieman heeft, hoe beter hij zijn werk kan verrichten. Een ieder zal het met deze zienswijze eens zijn. De taak van de politie is zo veelomvattend, dat het onmogelijk is om alle facetten daarvan in een politieopleiding te vangen. De opleiding zou dan minstens vijf jaar in beslag nemen en dan nóg zouden er zich omstandigheden kunnen voordoen, waarin niet is voorzien, nog afgezien van het feit, dat theorie en praktijk vaak 'feindliche Brüder' zijn. Een allesomvattende opleiding is eenvoudig onmogelijk. De ervaring moet in de loop der jaren de opleiding voltooien. Er is echter een gezegde, dat luidt: 'ervaring is eenvoudig de naam, die wij aan de som van onze fouten geven.' De consequentie hiervan is, dat elke politieman eerst een reeks van fouten moet maken, voordat hij enige ervaring heeft verworven. Indien men dus met een fout van een politieman wordt geconfronteerd, dan is het zaak het vertrouwen in het heus zo goedwillende politieapparaat niet te verliezen, maar te bedenken, dat de betrokken politieman aan zijn ervaring bouwde.

Dit alles klinkt als een pleidooi en zo is het ook bedoeld. Het is natuurlijk prachtig wanneer de politieman het aureool van onfeilbaarheid om het moede hoofd zweeft, maar daarin schuilt een groot gevaar, omdat hij dat aureool ten onrechte draagt. Politiemannen zijn geen heiligen, al is de Heilige Hermandad, hun schutspatroon.

Dit overdacht ik, toen ik de wachtcommandant zijn werk zag doen. De wachtcommandant bezet in het netwerk van de politieorganisatie de moeilijkste en meest ondankbare post. Hij zit altijd in de hoek waar de slagen vallen.

De wachtcommandant van die nacht was een oudgediende. De agenten hadden hem tot 'Ome Jaap' verheven, een titel, die zo veel verder reikte, dan zijn rang van brigadier. Hij was zeer geliefd.

Toen hij mij zag keek hij mij een beetje verwonderd aan.

'De Wilde had toch de dienst,' zei hij. 'Ik heb hem van huis laten halen.'

'Het klopt,' zei ik, 'De Wilde heeft de dienst. Maar waarom heb je hem van huis laten halen? Is er iets bijzonders?'

Er tinkelde weer een telefoon en terwijl hij naar de hoorn greep, zei hij: 'Bobby Brakel heeft zich opgehangen.'

Ik trachtte aan mijn gezicht niet te laten merken, wat er in mij omging. Toch had de mededeling mij niet geschokt.

De telefoons bleven rinkelen en de wachtcommandant voerde het ene telefoongesprek na het andere, zodat ik geen gelegenheid kreeg om hem naar bijzonderheden te vragen. Hij telefoneerde nog steeds toen De Wilde binnenkwam.

'Hebben ze jou ook al laten komen?' vroeg hij verbaasd.

Ik schudde mijn hoofd. 'Neen,' zei ik, 'ik kwam toevallig even aanwippen.'

'Wat is er eigenlijk aan de hand?'

'Het schijnt, dat Bobby Brakel zich heeft opgehangen,' zei ik zo zakelijk mogelijk.

De Wilde snoof. 'Ik kan niet zeggen, dat ik er kapot van ben,' zei hij. 'Wat mij betreft hangen die lui zich allemaal op. Ik kan het alleen niet uitstaan, dat ze het in onze sectie doen en uitgerekend wanneer ik de dienst heb. Je hebt zoveel werk aan die zelfmoorden.' Hij rilde in zijn overjas. 'Ik was net ingeslapen toen de telefoon ging. Het is nog koud als je zo uit je bed komt.' Hij wreef zijn handen warm. 'Ga je even mee? Je bent nu toch hier.'

'Goed,' zei ik kalm, 'maar laten we even op Ome Jaap wachten tot hij klaar is met bellen. Misschien heeft hij nog bijzonderheden.'

De Wilde presenteerde een sigaret uit een verkreukeld pakje. 'Ik moest eigenlijk niet zoveel roken,' zei hij. 'Ik ga er kapot aan.' Ik gaf hem een vuurtje. Hij inhaleerde diep en blies de rook uit zijn neusgaten. 'Zo,' zei hij peinzend, 'Bobby heeft zich dus opgehangen. Ik ben er niet rouwig om. Zijn we gelukkig weer zo'n ellendeling kwijt. Zwarte Joop heeft zich vorige week doodgereden in de buurt van Alkmaar. Dat weet je toch?' Ik knikte. De Wilde glimlachte. 'Het ruimt op,' zei hij.

De wachtcommandant smeet de hoorn op het toestel en zuchtte. Hij krabde zich eens achter het oor en keek ons aan. 'O ja,' zei hij, 'jullie zijn hier voor Bobby. Ik heb er twee mannetjes heengestuurd om de zaak veilig te stellen. Je weet hoe ze hier in de buurt zijn, zo nieuwsgierig als apen.' Hij zocht tussen zijn blaadjes met aantekeningen.' Het is ontdekt door een meisje,' zei hij. 'Ik geloof die nieuwe ster van hem. Hier heb ik haar naam.' Hij overhandigde De Wilde een blocnotevelletje met een paar krabbels. 'Ik heb haar maar zolang voor jullie vastgehouden. Ze zit in de wachtkamer.'

'Mooi,' zei De Wilde, 'laat haar maar zolang zitten. We gaan eerst even kijken.'

De wachtcommandant keek in zijn rapport. 'De melding kwam om kwart voor één binnen.'

De Wilde noteerde het tijdstip in zijn zakboekje. 'Nog verdere bijzonderheden Ome Jaap?'

Ome Jaap schudde zijn hoofd. 'Ik heb verder nog niemand gewaarschuwd. Als jullie nog wat nodig hebben, geef dan even een seintje.' Hij keek gewoontegetrouw door het luikje naar de agentenwachtkamer. 'Zeg,' zei hij, 'als je die twee agenten daar missen kunt, stuur ze dan terug. Ik zit vannacht een beetje krap in mijn mensen. Veel zieken, weet je.'

De Wilde stak zijn duim omhoog. 'Ik stuur ze terug. Het zal wel een gewone zelfmoord zijn.'

Onderweg naar de woning van Bobby babbelde De Wilde aan één stuk door. Hij had het over zijn vlinderverzameling en schermde met de Latijnse benamingen, die hij met zichtbaar genoegen uitsprak. Bij 'Acherontia atropos' of te wel de doodshoofdvlinder smakte hij net zo vergenoegd als een paard bij een suikerklontje. Ik zei niets. Mijn gedachten waren bij Bobby en de ontdekking, die ik nog geen half uur geleden had gedaan. Ik wist wat ik in de kamer van Bobby te zien zou krijgen. Ik wist nog niet hoe ik dat alles moest uitleggen. Ik had er geen verklaring voor.

De woning van Bobby was niet ver van het bureau. We waren er al gauw. In de kamer stonden de twee agenten op ons te wachten.

'We hebben het koord doorgesneden,' zei de oudste van hen. 'Verder hebben wij aan de situatie niets veranderd. O ja, we hebben ook zijn boord losgeknoopt. Het had eigenlijk geen zin. Hij is morsdood. De deur van de kamer stond open. Hij was niet afgesloten. De sleutel ligt daar.' Hij wees naar de sleutel, die bij de deur in de kamer op de grond lag.

'Mooi,' zei De Wilde. 'Gaan jullie maar terug naar het bureau.

De wachtcommandant heeft mij gevraagd jullie terug te sturen.'

De agenten mompelden een groet en verlieten de kamer.

We keken het kamertje rond. Het was heel povertjes gemeubileerd. Bobby was er de man niet naar om zich een gezellig tehuis te scheppen. Hij verkeerde meest in kroegen, koffiehuizen en danslokalen. Zijn kamer gebruikte hij in hoofdzaak als slaapplaats. Er was eigenlijk niets bijzonders aan het kamertje te zien. Het enige uitzonderlijke was het lijk van Bobby. Hij lag bij de half geopende WC-deur, zijn benen in de richting van de closetpot. Een stuk koord zat strak om zijn nek. Het had diep in zijn hals gesneden. Over de bovenkant van de deur hing het overige gedeelte van het koord. Het was aan de andere zijde van de deur aan een klerenhaak vastgeknoopt. Het leek allemaal precies op een zelfmoord door ophanging.

De kamer zag er ook heel ordelijk uit. Er waren geen sporen van een worsteling. In de asbak vonden wij slechts peukjes van het merk sigaretten, dat Bobby rookte. We zochten naar afscheidsbrieven. Ze waren er niet. In het jasje van Bobby vonden wij zijn portefeuille. Er zaten enige bankbiljetten van f 100,– in en verder een aantal persoonlijke bescheiden.

De Wilde bekeek het slot van de kamerdeur. Er was niets bijzonders aan te zien. Geen sporen van braak of verbreking.

'We moeten straks die nieuwe ster van Bobby maar eens vragen hoe ze is binnengekomen,' zei hij. 'Het is verder nogal simpel. Volgens mij is het een gewone zelfmoord.'

Hij keek mij aan.

'Wat denk jij ervan?'

'Het is geen zelfmoord,' zei ik. 'Het is moord.'

De mond van De Wilde viel van verbazing open.

'Je bent gek,' zei hij.

Ik haalde mijn schouders op.

'Het is jouw zaak,' zei ik. 'Ik wil mij er niet mee bemoeien. Maar je vroeg wat ik ervan dacht.'

Hij liep bij mij vandaan en onderzocht het koord. Daarna pakte hij een stoel en bekeek de insnijding van het koord aan de bovenzijde van de deur van de WC.

Ik probeerde de schakelaar van het licht in de gang. Het licht ging niet branden. Dat is vreemd, dacht ik. Ik bracht de schakelaar in de kamer terug in de oorspronkelijke stand en liep de lange gang door. Aan het eind van de gang probeerde ik de schakelaar bij de buitendeur. Het licht floepte aan. Ik bleef in gepeins verzonken staan. Wat betekende dit? Hoe moest ik deze ontdekking uitleggen? Waarom stond de schakelaar in Bobby's kamer *in* en de schakelaar bij de buitendeur *uit?*

Plotseling flitste een gedachte door mijn hoofd. Het bezorgde mij een schok. Het was een nare gedachte en het duurde enige tijd, voordat ik de consequentie daarvan ten volle besefte. Het was nog maar een theorie. Ik had nog geen bewijzen, maar ik voelde, dat ik dicht bij de waarheid was.

Ik liep terug naar de kamer. De Wilde stond nog steeds op de stoel.

'Kom nu eens kijken,' zei hij. Ik klom naast hem op de stoel.

'Zie je die insnijding in het hout?' zei hij. 'Dat is toch heel normaal, vind je niet? Het koord heeft niet diep ingesneden.'

Ik gaf geen antwoord. Ik hoopte maar, dat hij zijn rolmaat niet zou gebruiken. Hij moet niet gaan meten, dacht ik. Ik voelde me ellendig. Mijn hart klopte in een onregelmatig ritme en mijn knieën trilden. Ik stapte onzeker van de stoel en ging midden in de kamer staan. De Wilde kwam naar mij toe.

'Je zei toch, dat het een moord was?'

Ik knikte.

'Er is anders niets, dat erop wijst,' zei hij.

Ik stond in tweestrijd. Wat moest ik doen? Moest ik hem zeggen, wat ik ontdekt had? Het was toch mijn plicht?

'Je ziet spoken,' riep De Wilde.

Hij scharrelde onrustig in het kamertje rond. Ik begreep, dat mijn opmerking hem uit zijn evenwicht had gebracht.

'Je ziet spoken,' herhaalde hij.

Ik had er spijt van, dat ik het woord 'moord' had uitgesproken. Ik had dat niet moeten doen. Ik had mijn tong moeten afbijten.

De Wilde besteedde nog geruime tijd aan het onderzoeken van het kamertje. Hij deed het grondig. Hij keek alles uiterst zorgvuldig na. In gespannen aandacht volgde ik al zijn bewegingen en zag, dat hij niets ontdekte. Het gaf mij een gevoel van opluchting.

'Kom,' zei hij, 'we gaan terug naar het bureau.'

Hij raapte de sleutel van de vloer. Toen we het kamertje hadden verlaten, sloot hij met die sleutel de deur. Ik had het licht in de gang laten branden. Het bolletje straalde gelig licht. Ik hoop niet, dat ik gelijk heb, dacht ik.

Onderweg bemerkte ik, dat De Wilde steeds schuins naar mij keek. Ik reageerde niet. Het was alsof ik verdoofd was. Iemand had mij een tik op mijn hersenpan gegeven.

Toen we in de recherchekamer waren, liet De Wilde de nieuwe ster van Bobby uit de wachtkamer naar boven brengen.

Het was een pittig ding, naar haar tongval te horen, een rasechte Amsterdamse.

De Wilde begon.

'Hoe is uw naam?'

'Alice de Boer.'

'Staat u ook zo ingeschreven bij de Burgerlijke Stand?'

'Neen.'

'Hoe dan?'

'Aaltje Hendrika de Boer.'

'Wat is uw beroep?'

'He he, wat een vraag. Naaister, natuurlijk.'

'Hoe lang leefde u al met Bobby samen?'

'Ongeveer twee maanden.'

'Getrouwd?'

'Nog niet.'

'Waarom niet?'

'Bobby was bezig met scheiden. Hij was nog getrouwd.'

'Met wie?'

'Weet ik veel. Het moet een rotwijf zijn geweest. Bobby heeft een slecht leven bij haar gehad.'

'Hoe weet u dat?' vroeg ik scherp.

'Hij heeft het mij toch zelf verteld.'

'Heeft u wel eens van Mientje gehoord?'

'Welke Mientje?'

'Laat u maar,' zei ik. 'Was u al in de prostitutie voor u Bobby leerde kennen?'

'Neen.'

'Waarom bent u dan in de prostitutie gegaan?'
'Trouwen kost geld.'
'Kon Bobby dan niet werken?'
'Neen, hij zei, dat hij iets aan zijn rug had.'
Ik grijnsde. Steeds een ander excuus, dacht ik.
De Wilde ging verder.
'Hebt u een sleutel van Bobby's kamer?'
'Ja.'
'Mag ik die sleutel eens zien?'
Ze pakte een sleutel uit haar tasje en gaf die aan De Wilde.
'Vertelt u eens hoe u Bobby vanavond hebt gevonden.'
'Nou, hij hing daar he en toen...'
De Wilde schudde zijn hoofd.
'Van het begin af. Hoe laat ging u naar Bobby?'
'Ongeveer halféén.'
'Wist hij, dat u zou komen?'
'Ja, ik slaap toch met hem.'
'Ga verder.'
'Nou, zijn deur zat op slot. Ik nam mijn sleutel uit mijn tasje, maar ik kon hem niet in het slot krijgen. Ik keek in het sleutelgat. Er zat een sleutel aan de andere kant. Ik had dat wel eens meer bij de hand gehad. Ik nam een speldje uit mijn haar en peuterde net zo lang tot de sleutel aan de andere kant uit het slot viel. Toen kon ik de deur met mijn eigen sleutel openmaken.'
'Waarom klopte u niet?'
'Dat heb ik gedaan.'
'Vond u het niet vreemd, dat de deur niet werd opengedaan?'
'Neen, ik dacht, dat hij al sliep.'
'Dus,' zei De Wilde met nadruk, 'de deur van Bobby's kamer zat aan de binnenzijde op slot.'
Het meisje knikte.
'Hebt u in de kamer nog iets aangeraakt?'
'Neen, toen ik Bobby zag hangen schrok ik geweldig en ben direct naar het politiebureau gerend.'
Op dat moment ging de telefoon in de andere kamer. De Wilde stond op. 'Verdomme,' zei hij, 'ze weten beneden toch, dat we hier zitten.' Hij verliet de kamer om de telefoon te beantwoorden.

Toen hij verdwenen was vroeg ik aan het meisje of ze het licht in de gang had gebruikt. 'Neen,' zei ze.

'Heb je het geprobeerd?'

'Neen, ik heb geen schakelaar aangeraakt.'

De Wilde kwam terug.

'Gaat u maar,' zei hij tegen het meisje. 'Als ik u nog nodig heb, dan krijgt u wel een berichtje.'

'Waar moet ik heen?' vroeg ze.

De Wilde haalde zijn schouders op. 'Hoe kan ik dat weten,' zei hij. 'Ga naar uw familie.'

'Ze zien me aankomen,' zei ze. 'Ik heb al genoeg herrie met ze gehad.'

'Enfin, dat is uw probleem,' zei De Wilde. 'Als u nergens terecht kunt, gaat u dan naar Hulp voor Onbehuisden.'

'Zeg,' zei ze, 'weet je niets anders?'

De Wilde werd ongeduldig. 'Ik heb u niet meer nodig,' zei hij. 'U kunt gaan.'

De ogen van het meisje schoten vuur. Een mooie boel,' riep ze. 'Een mooie boel. Ik kan toch niet bij die dooie gaan slapen.'

Ze liep mokkend de kamer af. Op de gang hoorde ik haar nog roepen: 'Een mooie boel hier.'

De Wilde zuchtte.

'Ik heb net via de telefoon een tip gekregen,' zei hij. 'Het schijnt, dat Haagse Bertus en Dikke Toontje het plan hadden om Bobby koud te maken. Ik wil eens een praatje met ze gaan maken. Heb je zin om mee te gaan?'

Ik knikte.

We sloten de recherchekamer af en gingen de buurt in.

De walletjes waren nog in vol bedrijf. Bij Ria van Bertus waren de gordijntjes gesloten.

'Ze heeft een klant,' zei De Wilde. 'Laten we maar even wachten. Het zal niet lang duren.'

Na 'n minuut of vijf werden de gordijntjes weer opengeschoven. Een ondefinieerbaar mannetje schuifelde 't kamertje uit en loste zich op in het donker van de gracht.

We stapten bij Ria binnen. Ze zat met een spiegel in haar hand en maakte haar make-up weer in orde.

'Wat moeten jullie,' zei ze.

'We wilden eens praten met Bertus.'

'Waarom, heeft hij iets uitgehaald?'

'Ben je daar bang voor,' vroeg ik.

'Och,' zei ze, 'je weet het nooit met dat os.'

'Waar kunnen we hem vinden?'

'Hij zal wel bij Toontje zijn.'

We lieten Ria alleen en gingen naar het huis van Toontje. Met een loper openden we de buitendeur en scharrelden een donker trappetje op. We klopten aan. Toontje deed open en liet ons binnen.

'Bertus,' riep hij, 'we hebben bezoek.'

Haagse Bertus zat lui in een gemakkelijke stoel.

'Kom binnen heren,' zei hij opgewekt.

Ze waren beiden een beetje aangeschoten.

'Wat een eer,' zei Toontje. 'De prinsemerij op visite. Een borrel, heren?'

We bedankten voor het aanbod.

'Ook al goed,' zei Toontje, 'zo veel te meer blijft er voor ons over.'

'Er wordt gefluisterd,' zei De Wilde, 'dat jullie Bobby koud wilden maken.'

Bertus trok een denkrimpel in zijn voorhoofd.

'Ze fluisteren zoveel,' zei hij.

De Wilde knikte.

'Ja,' zei hij, 'maar Bobby is dood.'

Bertus sprong op.

'Je meent het,' zei hij.

De Wilde en ik keken hem zwijgend aan.

'Je meent het,' herhaalde Bertus.

Ik zag, dat het bericht hem totaal had verrast.

'Hoe is het gegaan?' stamelde hij.

'Dat komen we juist aan jou vragen,' antwoordde De Wilde.

Ik schoof iets achteruit tot bij de deur. Ik wilde een strategische positie innemen voor het geval Bertus zijn zelfbeheersing zou verliezen en tot actie zou overgaan. Bovendien hield ik Toontje in de gaten.

'Luister eens,' zei Bertus. 'Toontje en ik hebben er niets mee te maken. Je kan doen wat je wilt. We zijn de hele avond hier geweest. Je mag gerust weten, we hadden iets met Bobby voor. Maar als hij dood is, dan hoeft dat niet meer. Ik weet niet wie hem koud heeft gemaakt, maar mijn zegen heeft-ie. Voor de rest zoek je het maar uit.'

'Dat zullen we doen,' zei De Wilde. 'Ik waarschuw je alleen voor het geval je er iets mee te maken hebt.'

'Je weet waar je me kan vinden,' antwoordde Bertus.

We verlieten de kamer en gingen terug naar het bureau.

'Het had niets om het lijf,' zei De Wilde. 'Ik wou die tip niet verwaarlozen. Die jongens hebben er niets mee te maken.'

Hij keek mij doordringend aan. 'Het was zelfmoord.'

Ik zweeg.

Die nacht sliep ik slecht. Ik deed praktisch geen oog dicht. Ten slotte stapte ik uit bed en ging in de kamer zitten. Door mijn hoofd spookten allerlei gedachten. Ik nam mijn aantekenbloc en begon notities te maken. Ik schreef vellen vol, las wat ik geschreven had en streepte weer grote gedeelten door. Maar hoe ik de legpuzzel ook in elkaar paste, ik kwam steeds tot dezelfde oplossing.

Toen het tijd werd kleedde ik mij aan en ging naar het bureau. Ik was vroeg. Tegen half negen druppelden ze binnen, De Cock, De Wilde, Geert en de anderen. Alles nam weer zijn normale gang. De telefoons rinkelden en de schrijfmachines begonnen te ratelen. De Wilde verdween zonder iets te zeggen. Tegen tien uur kwam hij terug. Even later werd ik bij de commissaris geroepen.

'Ga zitten, Versteegh,' zei hij.

Hij bood mij een sigaret aan.

'Je bent,' zo begon hij, 'met De Wilde op onderzoek geweest naar de oorzaak van de dood van Bobby.'

Ik knikte.

'De Wilde heeft mij verslag uitgebracht. Volgens hem was de dood van Bobby het gevolg van een zelfmoord door ophanging.'

Hij speelde met zijn aansteker.

'Jij was het niet met hem eens. Je zei iets van moord. Had je daar een bepaalde reden voor?'

Ik zweeg. Wat moest ik doen? Ik kneep zo hard in mijn eigen hand, dat mijn nagels in mijn vlees drukten.

'Had je daar een bepaalde reden voor?' herhaalde de commissaris.

'Ik – ik kon mij niet voorstellen, dat een man als Bobby Brakel zelfmoord had gepleegd,' zei ik aarzelend.

De commissaris keek mij strak aan.

'Hier is de sleutel van zijn kamer,' zei hij. 'Ik draag aan jou het verdere onderzoek in de zaak Bobby op.'

'Maar...' stamelde ik.

'Je kunt gaan, Versteegh. Binnen een paar dagen verwacht ik een rapport van je bevindingen.'

Ik zuchtte, nam de sleutel aan en verliet de commissaris.

Toen ik terugkwam in de recherchekamer hield het geratel van de schrijfmachines op. Mijn collega's keken mij aan en zeiden niets. Alleen De Wilde werkte ijverig door. Hij had gekletst.

Ik voelde het.

Zwijgend trok ik mijn jas aan. Toen ik de deur uit wilde stappen bemerkte ik, dat ik geen potlood bij mij had.

Stom, dacht ik, natuurlijk thuis laten liggen.

Door de stilte stapte ik naar het bureau van Geert.

'Geef me even een potlood,' zei ik. 'Ik heb de mijne vergeten.'

Geert pakte een potlood uit zijn borstzakje en gaf het mij.

'Dank je,' zei ik.

Ik knoopte mijn jas dicht en verliet de recherchekamer.

Het lichaam van Bobby was al weggehaald. Alleen het stukje koord boven aan de deur van de WC herinnerde nog aan zijn dood. Ik ging aan de tafel zitten en keek de kamer rond. Eén ding was mij nog niet duidelijk. Het was een probleem waarvoor ik nog geen oplossing had. Ik nam mijn aantekenbloc voor mij en begon de situatie te schetsen. De toegangsdeur en het slot hadden mijn bijzondere aandacht. Ik tikte nerveus met het potlood op tafel. Hoe kon het, dacht ik. Het moest toch mogelijk zijn. In gepeins bracht ik het potlood naar mijn mond en streek met mijn vingers langs het gladde hout. Plotseling had ik het. Het was eigenlijk een opdoemen van een herinnering. Het trucje dacht ik, het oude trucje voor het afsluiten van een deur. Zo moest het gegaan zijn. Ik liep naar de deur. Op mijn knieën onderzocht ik de onderkant. Ik haalde mijn oude loep uit mijn binnenzak en onderzocht elke vierkante centimeter. Ten slotte vond ik wat ik zocht. Een kleine insnijding in het hout.

De rest van de dag besteedde ik aan het zoeken van een jongeman. Het kostte mij enige uren. Toen ik hem uiteindelijk vond, had ik een lang gesprek met hem. Pas laat in de middag kwam ik thuis. Ik was doodmoe. Ik voelde mij ziek. Ik barstte van de hoofdpijn. Het was nog licht toen ik in bed kroop, maar toch sliep ik tot de volgende dag.

IK had die zaterdag verlof gevraagd. Het was beslist nodig, dat ik er die dag tussenuit trok. Ik had de verwondering gehoord in de stem van de commissaris, toen ik hem belde. Het was niet gebruikelijk, dat een rechercheur verlof nam, wanneer hij met een belangrijk onderzoek bezig was. Maar hij had niets gevraagd en gewoon zijn toestemming gegeven. Ik vroeg mij af of ik hem niet beter in vertrouwen kon nemen. Maar waarom zou ik dat doen. Waarom zou ik de verantwoordelijkheid van mij afschuiven en daardoor 'n ander in een gewetenssituatie plaatsen? Bovendien kende ik zijn uiteindelijk besluit. Het had geen zin hem in te lichten. Ik moest het zelf doen. De keuze lag aan mij en ook de verantwoordelijkheid.

Ik liet die morgen mijn dienstfiets in de box staan en reed met de tram naar het station. Aan het loket kocht ik een kaartje en stapte in de trein naar Zandvoort. De trein was bijna leeg. In november was Zandvoort niet zo in trek.

Toen de trein zich al in beweging zette, plofte een man tegenover mij in de kussens. Ik schatte hem een goede vijftiger. Hij was corpulent met een te rood gezicht en een aanleg voor een plotselinge dood door hartverlamming. Ik had die typen vaak ontmoet in cafés, in warenhuizen, achter het stuur van hun auto, of gewoon midden op het trottoir. Om hen heen een kringetje gezichten en vage uitlatingen: 'meneer werd plotseling onwel.'

De man wiste zich het zweet van zijn voorhoofd en knoopte zijn jas los. 'Is dat haasten,' zei hij. 'Ik heb altijd moeite met de tijd. Ik ben wat men noemt een laatkomer.'

'Zo zijn er meer,' zei ik.

Hij trok de sjaal van zijn hals.

'U lijkt mij geen laatkomer,' zei hij.

Ik schudde mijn hoofd. 'Neen,' zei ik, 'niet in de gewone zin van het woord.'

De man herstelde de regelmaat van zijn ademhaling en de trein hobbelde over een paar wissels. We wiegden heen en weer. Ik keek over het IJ en daarna tegen de achterkant van een rijtje gore woonpakhuizen. Er wapperden een paar luiers aan een lijn. Nieuw leven, dacht ik, begint met honderden doeken zeik en drek. Het duurt jaren voordat een mens zindelijk is; sommigen worden het nooit.

'Ik ben eigenlijk mijn leven lang te laat gekomen,' zei de man. 'Ik kwam zelfs te laat op de dag van mijn huwelijk. Toch probeer ik altijd op tijd te zijn, maar het lukt mij haast nooit. Er komt altijd wat tussen.'

'Maar u blijft pogen,' zei ik.

'Po-gen,' herhaalde de man. Hij proefde het woord op zijn tong om de smaak vast te stellen. 'Ja,' zei hij bedachtzaam, ik blijf pogen.' Hij vond het een vreemd woord.

Ik dacht aan het zo moeilijke begrip 'poging' in het Wetboek van Strafrecht. – *Poging tot misdrijf is strafbaar*, – zo staat er – *wanneer het voornemen van de dader zich door een begin van uitvoering heeft geopenbaard en de uitvoering daarvan alleen door omstandigheden van zijn wil onafhankelijk niet is voltooid.* – Ik kende het nog woordelijk. Het was er ook ingehamerd, destijds bij mijn opleiding. Hoe lang was dat al weer geleden? Ik was toen nog jong en dacht rechtlijnig. Ik wist het toen, nu niet meer. Wat ligt er tussen de gedachte en de daad? De Wet geeft daarop een klaar antwoord; de uitvoering. En als men niet tot de uitvoering komt?

Wat is nu 'een begin van uitvoering', zoals gesteld in de omschrijving van het begrip poging?

Wanneer iemand zijn pistool doorlaadt en op weg gaat met het vaste voornemen om een ander neer te schieten, is dat dan een begin van uitvoering?

'Het is treurig hoor,' zei de man, 'als je een laatkomer bent.'

Ik gaf geen antwoord. Ik wist niet of ik 'ja' moest knikken of 'neen' moest schudden. Was het treurig? Ik was ook te laat gekomen, maar betreurde ik dat?

Bobby was al dood. Ik zag hem nog hangen aan de deur van zijn eigen WC. Het was geen prettig gezicht. Ik verwonderde mij erover, dat de verandering in mij zich zo snel had voltrokken. Ik was gekomen als een moordenaar met in mijn hoofd een geraffineerd plan om hem zonder pardon neer te schieten. Ik had de uitvoering niet voltooid, maar dat was geen eigen keuze geweest, geen eigen wilsbesluit. Omstandigheden, die zich aan mijn wil onttrokken hadden de uitvoering belet. Was ik dus strafbaar? Vielen mijn handelingen in de omschrijving van een strafbare poging?

Ik had mijn plan tot in de details uitgewerkt en de enscenering koelbloedig overdacht. Ik was gegaan in de overtuiging, dat er niets mis kon gaan. Er had ook niets mis kunnen gaan. Het plan was waterdicht. Ik had er de jurisprudentie op nagelezen en wist, dat ik onherroepelijk zou zijn vrijgesproken. Er zou vermoedelijk niet eens een terechtzitting van zijn gekomen.

Maar ik was te laat. Bobby was al dood. Het was een vreemde gewaarwording geweest. Plotseling stond ik tegenover het dode lichaam van de man naar wiens dood ik zo vurig had verlangd, dat ik zelf de beul had willen zijn.

Het opmerkelijke was, dat ik mij zo snel had omgeschakeld. Het was gewoonte, dacht ik. Ons doen en laten bestaat voor meer dan negentig procent uit gewoontehandelingen. Het is de sleur, waaraan de mens zich zo moeilijk kan onttrekken en zich ook niet onttrekken wil. Het geeft een gevoel van zekerheid en veiligheid. Ik dacht aan de film 'Modern Times'. Het was al jaren geleden, dat ik de film had gezien, maar nog leeft in mijn herinnering het beeld van Charly Chaplin. Twee grote sleutels in handen, die voortdurend bezig zijn dezelfde bewegingen te maken. In elk situatie, die maar even aan de lopende band herinnerde, reflecteerden die handen. Voorwaardelijke reflex, noemt men dat.

Zo was het ook mij gegaan. Begrijpelijk? Ik had in mijn leven aan de lopende band misdrijven behandeld; een eindeloze rij gezichten, feiten, omstandigheden, sporen, situaties, bewijzen. Alles gewoonte, routine, sleur.

Vrijwel onmiddellijk was ik van moordenaar getransformeerd tot rechercheur. Ik stond daar in die kamer van Bobby en zag zijn lichaam bengelen aan een koord. Ik nam gewoonte-getrouw de situatie scherp in mij op. Het had niet lang geduurd. Ik zag bijna onmiddellijk, dat er iets niet klopte. Het was maar een kleinigheid, een nietig foutje, een hiaat in het denken van de man, die Bobby in die situatie had geplaatst. Ik glimlachte. Waarom maakten ze toch altijd een fout?

De rest was overigens keurig verzorgd en ik kon mij best begrijpen, dat De Wilde zijn zelfmoord-theorie niet wilde prijsgeven. Alles – bijna alles – wees toch in die richting.

Toen De Wilde en ik in de kamer kwamen, lag Bobby al op de grond. De agenten hadden volgens voorschrift het koord doorgesneden en de boord van zijn overhemd losgeknoopt. Hij had Bobby dus niet zien hangen. Ik wel, want ik was al voor hem in die kamer geweest. Als De Wilde de lengte van het koord had opgemeten dan was hij ongetwijfeld tot dezelfde conclusie gekomen. Maar hij deed het niet. De Wilde was er zo van overtuigd geweest, dat hij met een zelfmoord te doen had, dat hij dit nietig detail over het hoofd zag. En ik heb hem niet wijzer gemaakt. Ik had onmiddellijk gezien, dat het geen zelfmoord was. Bobby Brakel had zich niet opgehangen. Het was geen zelfmoord, maar moord.

Nu ik alles weet, betreur ik het, dat ik toen mijn gedachten heb uitgesproken. Ik had moeten zwijgen. Ik had De Wilde in zijn zelfmoord-theorie moeten steunen, dan had ik het geheim alleen kunnen bewaren. Maar hoe kon ik toen al weten, wat de ware toedracht was. Ik had er nog geen flauw vermoeden van. De Wilde had aan mij gevraagd, wat ik ervan dacht en ik had hem een eerlijk antwoord gegeven. Het was moord.

In een vaste cadans wipte de trein over de kleine ruimten tussen de rails en voor mijn ogen ontvouwde zich een waaier van weilanden met baleinen van rechte sloten. Gezichtsbedrog. De weilanden vormden geen waaier, alleen vanuit een rijdende trein leek het zo. Zo was het ook met de zaak Bobby. Het leek een zelfmoord, maar was het niet.

De man tegenover mij frommelde in de aktentas op zijn schoot. Hij had er zijn bril bij opgezet. Toen hij zag, dat ik naar hem keek, deed hij demonstratief zijn tas dicht en zwiepte haar naast zich op de bank.

'Ook voor zaken op reis?' vroeg hij.

Ik schudde mijn hoofd.

'Familiebezoek?' vroeg hij hoopvol. Hij had kennelijk behoefte aan een praatje en zocht naar aanknopingspunten.

'Neen,' zei ik, 'ik ga op bezoek bij mijn eigen geweten.'

Hij keek mij wat vreemd aan. Mijn antwoord had hem verrast. 'Een lastig bezoek,' zei hij.

Ik zag, dat zijn blikken mijn gelaatstrekken aftastten. Ik vroeg mij af welk beeld zijn gedachten zich nu omtrent mij vormden. Het is vreemd, dacht ik, men weet nooit hoe een ander precies over je denkt. Het heeft ook geen zin om het te vragen, want een eerlijk antwoord krijgt men nooit. Er waren beleefdheidsfrasen en normen van fatsoen, die een eerlijk antwoord in de weg stonden. Bovendien was het nog de vraag of een ander in staat was om een juiste visie te geven.

Ik had eens een paar psychiatrische rapporten gelezen. Ze hadden mij teleurgesteld. De conclusies waren vaag en oppervlakkig. Wanneer mensen, die de zielsontleding tot hun beroep hadden gekozen met al hun kennis nog niet in staat waren om hun medemensen te beoordelen, hoe konden wij dan ooit tot een beter begrip voor elkaar komen? De mens kent niet eens zichzelf.

Waarom zat ik nu in de trein en was ik op weg naar een strand, een eenzaam strand? Ik had mij dat zó gedacht. Op het verlaten strand met de ruisende zee en het krijsen van de meeuwen zou ik een weloverwogen beslissing nemen. Wat een nonsens.

Ik had dat strand toch niet nodig. In feite had ik het besluit toch al lang genomen. In een romantische opwelling had ik verlof gevraagd en was in de trein gestapt om in de eenzaamheid met mijn geweten in het reine te komen. Een verlaten strand leek mij voor dit doel een ideale plaats.

Wat wilde ik eigenlijk? Martelaarschap? Het was toch in feite niet meer dan een delging van een schuld. Een schuld, die ik voelde aan de dood van Mientje en een schuld, die ik voelde voor een daad, die ik had willen doen, maar die een ander voor mij had gedaan. Ik wilde boete doen en daarom moest die ander weten, wat ik wist. Hoe kan men boete doen? Hoe kan men een schuld betalen, die niet in geld is uit te drukken?

Dát was het probleem. Het was niet de vraag of ik mijn geweten bélastte, maar hoe ik mij van een schuld óntlastte. Met mijn geweten was ik al in het reine gekomen toen ik met een kogel voor de loop op weg ging om Bobby te vermoorden. Wat moest ik nu nog op het strand doen?

Toen de trein in Zandvoort stopte, pakte de man zijn aktentas en stond op.

'Moet u niet uitstappen?' vroeg hij.

'Neen,' zei ik, 'ik heb net gemerkt, dat ik mijn bezoek al heb afgelegd.'

De man schudde zijn hoofd en verliet de trein. Hij had haast.

Ik keek hem door het gangpad na. Hartverlamming, dacht ik, vandaag of morgen.

Ik bleef zitten en reed met dezelfde trein terug.

In Amsterdam gekomen, stapte ik het politieposthuis aan het Centraal Station binnen en liet een berichtje verzorgen. Daarna ging ik weer met de tram naar huis. Mijn vrouw keek vreemd op toen ze mij zag. 'Kom je nu al thuis,' zei ze.

Ik trok mijn overjas en schoenen uit. Met mijn pantoffels aan ging ik in mijn stoel bij de haard zitten. Het was behaaglijk warm.

'Waar is Marjan?' vroeg ik. Ze had een vrije dag, dat wist ik.

'Ze is even naar de bakker om gebakjes bij de koffie,' antwoordde mijn vrouw. 'Ik denk niet, dat ze erop heeft gerekend, dat je zo vroeg zou thuiskomen.'

'Het geeft niet. Ik lust jouw koffie ook wel zonder gebak.'

Mijn vrouw dribbelde naar de keuken. Ik stond van mijn stoel op en liep haar na. Ze schonk water op.

'Ik wilde je vragen,' zei ik, 'om vanavond met Marjan naar de bioscoop te gaan.'

Met de ketel kokend water nog in haar handen draaide zij zich om. 'Maar,' zei ze verwonderd, 'Marjan gaat toch vanavond met Geert uit?'

'Neen,' zei ik, 'ik wil dat jij met haar gaat.'

'Is er dan wat met Geert,' vroeg ze.

'Neen, er is niets met Geert. Ik wil hem alleen vanavond hier houden om iets met hem te bespreken.'

'Weet Marjan het al? Ze heeft zich er zo op verheugd.'

Ik zuchtte. 'Neen, ik moet het haar nog vertellen.'

Ze schonk nog eens water op en roerde in pruttelende pannen op het fornuis. De keuken was haar domein.

'Ik begrijp niet,' zei ze snibbig, 'waarom je je zaken niet op bureau bespreekt. Waarom moet het hier gebeuren en juist op zaterdagavond?' Ze trok haar schouders op. 'Maar goed, als jij het wilt, dan ga ik vanavond wel met haar naar de bioscoop. Je zult er wel een bedoeling mee hebben.'

Ik liep terug naar de kamer. Onderweg zei ik: 'Dank je.'

In de jaren van ons huwelijk had mijn vrouw altijd alles aan mij overgelaten. Ik nam de beslissingen. Ze vroeg nooit veel. Ze had zich zo volledig aan mij onderworpen, dat ze zelf bijna geen enkel initiatief meer ontplooide. Ik heb daar schuld aan. Ik had haar alle initiatief ontnomen. Ze was geen partner meer, maar een ondergeschikte. Door mijn heerszuchtige natuur en de voortdurende geestelijke druk, die ik op haar uitoefende, was haar persoonlijkheid gestorven. Ik had haar langzaam in de slavernij gedreven en nu ergerde ik mij eraan, dat ze een slavin was. Ik zuchtte. Het werd hoog tijd, dat ik mij zelf eens onder de loep nam.

'Elke dag vijf minuten naast jezelf staan.' Meer was niet nodig had het oude schippertje gezegd. Hij was een vreemd oud mannetje, dat mij eens kwam melden, dat hij zijn portefeuille met geld kwijt was. 'Bent u naar de vrouwtjes geweest?' had ik hem gevraagd. 'Neen, daar ben ik te oud voor. Zoveel geduld hebben ze niet.' Ik had gelachen en hem gevraagd hoe hij dan dacht, dat hij zijn portefeuille was kwijtgeraakt. 'Dat weet ik niet zo precies,' had hij gezegd, 'ik ben dat ding zo vaak kwijt. Dat komt, omdat ik eigenlijk een hekel aan geld heb. Daarom spring ik er nogal slordig mee om. Het is alleen jammer, dat je het nodig hebt. Je kan er niet buiten. Toch geloof ik, dat ik mijn geld wel eens met opzet verlies om aan mij zelf te bewijzen, dat ik er eigenlijk maling aan heb.' Ik had het nogal vreemd gevonden en zei hem dat ook. 'Och,' had hij geantwoord, 'ik weet het nu van mij zelf. Er zullen er beslist meer zo zijn, maar die weten het niet. De meeste mensen kennen zich zelf niet. Ik wel. Ik oefen mij daarin. Elke dag ga ik vijf minuten naast mij zelf staan. Meer is niet nodig. Je zou je er over verbazen, wat je niet allemaal bij jezelf ontdekt.'

Marjan kwam de kamer binnenstappen. Ze had een doos gebak in haar handen. Toen ze mij zag trok ze haar wenkbrauwen op.

'Zo paps, ben je er al? Ik dacht niet, dat je er al zo vroeg zou zijn. Ben je al klaar met de zaak-Bobby?'

Ze zette de doos met gebak op tafel en ging naast mij op de poef zitten.

'Wat weet jij van de zaak-Bobby?' vroeg ik scherp. Ik bedwong mijn stem, want ik wilde niet, dat mijn vrouw in de keuken iets zou horen.

Marjan keek mij verwonderd aan.

'Daar ben je toch mee bezig?'

'Ja, maar hoe weet jij dat?'

Ze glimlachte. 'Van Geert,' zei ze.

'Heb jij Geert dan nog gesproken?'

Ze knikte.

'Ja, door de telefoon.'

Ze legde haar hand op mijn knie. 'Je moest toch langzamerhand de vrouwen kennen,' zei ze. 'Ik heb Geert opgebeld en hem gevraagd geen griezelfilm uit te zoeken, omdat ik daar niet tegen kan. Het was natuurlijk maar een smoesje. Ik kan best griezelfilms verdragen, maar ik wilde zijn stem eens door de telefoon horen.' Ze tuitte haar lippen. 'Hij was heel aardig. Hij vroeg waar ik werkte en of hij mij eens mocht bellen. Ik heb natuurlijk ja gezegd en nu belt hij vrij regelmatig. Hij vertelde het van Bobby en de herrie tussen jou en De Wilde.

'Het was geen herrie,' zei ik.

'Nou ja, hoe je het ook noemen wilt. In ieder geval heb jij het onderzoek gekregen.'

'Heeft Geert verder nog iets gezegd?' vroeg ik.

'Neen,' antwoordde ze, 'niets bijzonders.'

Ik stak een sigaret op en trok de asbak naar mij toe.
'Heb je vertrouwen in mij, Marjan?'
Ze draaide zich op de poef een kwartslag om en keek mij aan.
'Natuurlijk,' zei ze. 'Maar waarom vraag je dat?'
'Ik wil, dat je vanavond met moeder naar de bioscoop gaat.'
Ik las verbazing op haar gezicht.
'Ik – ik zou met Geert,' – zei ze aarzelend.
Ik knikte. 'Dat weet ik, maar ik wil Geert vanavond hier houden. Ik heb iets met hem te bespreken en ik vind het beter, dat jullie daar niet bij zijn.'
'Ik mag het dus niet weten,' zei ze.
Ik stond op en legde mijn hand op haar schouder.
'Ik weet het niet,' zei ik onzeker. 'Ik weet alleen, dat ik niet de man ben, die je het zou moeten vertellen.'
'Geert?'
'Laten we er niet meer over praten. Ik hoop alleen, dat je mij vertrouwt en je medewerking verleent. Ik wil, dat je met moeder naar de bioscoop gaat en dat jullie niet terugkomen voor, laat ik zeggen, een uur of twaalf. Na afloop gaan jullie maar ergens zitten. Ik heb het al met moeder besproken. Ik zal er in ieder geval voor zorgen, dat Geert er nog is als jullie thuiskomen.'
Mijn vrouw kwam de kamer in met een blad dampende koffie.
'Goed,' zei Marjan, 'ik zal het doen.'

Ik bleef de hele middag thuis. Ik behoefde niets meer te regelen. Ik hoopte alleen, dat alles zou verlopen, zoals ik mij dat had gedacht. Voor zover ik de betrokkenen kende, zouden ze reageren op de wijze, die ik voorzag. Ik vroeg mij af of ik geen gevaar zou lopen. Liep ik gevaar? Zou ik mijn pistool tussen de kussens van mijn stoel steken? Ik dacht niet, dat het nodig zou zijn.

Ik had al een paar weken het boek 'De Kreeftskeerkring' in huis, zonder de tijd te hebben gehad om het te lezen. Het leek mij een goed idee om de middag in gezelschap van Henry Miller door te brengen.

Ik pakte het boek en nestelde mij in mijn stoel. Boeken waren voor mij schuilplaatsen, verborgen wereldjes, waarin ik kon wegvluchten. De ontspanning lag voor mij in het 'niet-verantwoordelijk zijn.' De schrijver had de beslissingen al genomen en de afloop stond vast. Als lezer behoefde men daaraan niets te doen. Men kon de loop van de gebeurtenissen niet meer veranderen of beïnvloeden. Ik vergat alles. Mientje. Bram, Geert, Van der Kerk, Haagse Bertus, Dikke Toontje, Ageeth, Marjan, De Wilde, moord, zelfmoord, wraak, haat, plicht, recht. Het leek allemaal niet zo belangrijk meer. Ik las. Meegesleept door letters en regels, die mijn geest in een vreemd proces ontstolden in beelden en gedachten, zich vermengend met ontboeide eigen gevoelens; in dat magische complex, dat lezen heet, verliepen de uren zonder tijd.

Het tijdstip van de komst van Geert kwam voor mijn gevoel sneller dan ik had verwacht. De bel verraste mij nog. Ik stond uit mijn stoel op en legde mijn boek weg. Het was half zeven. Ik liep naar de deur en deed open. Geert stapte binnen en ik hielp hem bij het uittrekken van zijn jas. Hij droeg hetzelfde blauwe kostuum als tijdens zijn eerste bezoek.

'Heb je de kaartjes?' vroeg ik.

'Ja,' zei hij opgewekt, 'en niet voor een griezelfilm. Marjan schijnt daar niet van te houden.'

'Geef ze maar hier.'

'Wat?'

'De kaartjes.'

Hij keek mij niet begrijpend aan. Hij diepte de kaartjes uit het borstzakje van zijn colbert en gaf ze mij.

Ik ging hem voor naar de kamer, waar mijn vrouw en Marjan met sombere gezichten zaten te wachten. Het kostte hen moeite zich een houding te geven. Het deed mij pijn voor Marjan en ik hoopte vurig, dat alles goed zou aflopen. Vooral voor haar hoopte ik dat. Ik was er nog niet zeker van of mijn gevoel van rechtvaardigheid door de anderen zou worden gedeeld. Het was een hachelijk spel, dat ik nu speelde. Toch bemerkte ik, dat ik een soort behagen schepte in de situatie. Ik hield van het spel met mensen. Het was een onhebbelijkheid, die voortkwam uit mijn beroep. Ik had het spel al zo dikwijls gespeeld, al was de inzet nooit zo hoog geweest.

Geert begroette mijn vrouw en Marjan. Ik zag, dat ze zijn blik ontweken. Geert moest dat merken. De kaartjes, die ik van Geert had afgenomen, gaf ik aan mijn vrouw.

Dat ik de kaartjes van Geert gebruikte, gebeurde niet uit zuinigheidsoverwegingen, maar vormde een onderdeel van mijn plan. Ik had mijn vrouw en dochter ook vóór de komst van Geert kunnen wegsturen. Dan had ik hen deze pijnlijke situatie bespaard. Maar ik wilde verwarring in de geest van Geert en dit had mij een uitstekende prelude geleken. Het lukte ook wonderwel.

Marjan en mijn vrouw stonden op en liepen naar de hal om hun mantels aan te trekken.

'Wat is er?' vroeg Geert.

'Ze gaan naar de bioscoop,' zei ik.

'Maar,' hakkelde hij, 'ik zou toch...'

'Jij blijft hier. Ik moet met je praten.'

Hij liep bij mij vandaan en stormde de hal in.

'Marjan,' riep hij.

'Vader zal het je uitleggen,' hoorde ik haar zeggen. 'Het was zijn idee.'

Hij kwam terug uit de hal en keek mij aan.

'Versteegh,' zei hij heftig, 'wat heeft dat te betekenen? Ik zou met Marjan naar de bioscoop. Jij ontfutselt mij de kaartjes en stuurt je vrouw met Marjan weg.'

'Ga zitten,' zei ik.

Hij bleef besluiteloos staan. Ik zag verwarring op zijn gezicht. Pas toen de buitendeur dichtsloeg, ging hij zitten.

'Wil je iets drinken?' vroeg ik. 'Ik heb een uitstekende cognac.'

Ik wachtte zijn antwoord niet af. Uit het buffet nam ik drie glazen en zette die op het ronde tafeltje, dat tussen de fauteuils stond. Ik pakte de fles cognac en liet hem het etiket zien.

'Ze is prima,' zei ik, 'dat kan ik je verzekeren.'

Hij reageerde niet.

'Zullen wij maar vast een glas nemen?' vroeg ik.

Ik zag, dat zijn blik gericht bleef op de drie glazen. Het aantal intrigeerde hem.

'Voor wie is dat derde glas?' vroeg hij.

Ik glimlachte fijntjes.

'Voor mijn tweede gast van vanavond,' antwoordde ik kalm.

'Wie is het?'

'Nog even geduld. Hij kan zo komen.'

Ik schonk twee glazen in en ging tegenover hem zitten.

'Proost,' zei ik.

Geert liet zijn glas staan. Hij verborg zijn onrust achter een nors gezicht.

Ik draaide het glas en liet de cognac tegen de wand kleven. Het licht van de schemerlamp twinkelde dartel rond de rand. Uit het glas steeg een fijne geur, die prikkelend mijn neusgaten binnendrong. Ik nam een klein slokje. Het heerlijke vocht streelde mijn tong en verhemelte met een warme gloed. Ik was een liefhebber van een goed glas cognac. Bij een matig gebruik stimuleerde het mijn denken. Ik genoot van de situatie. Hier in mijn eigen huis, in mijn eigen stoel, in mijn eigen vertrouwde omgeving, voelde ik mij heer en meester. Ik vroeg mij af of dit een vorm van sadisme was. Ik dacht van wel. Elk spel met mensen heeft een sadistisch trekje.

Ik keek naar Geert, die zich op dit moment zeker zou afvragen, wat ik wilde en misschien al vermoedde wie mijn tweede gast was. Zou hij het vermoeden? Geert was intelligent, maar had te weinig praktijk, te weinig ervaring. Ik bracht mijn hand naar mijn borst om mij ervan te overtuigen, dat het potlood nog in mijn binnenzak zat. Zou hij het al gemerkt hebben, dat hij het kwijt was? Zou hij al radeloos naar het potlood hebben gezocht? Of zou hij vergeten zijn waarvoor hij het had gebruikt? Het gaat altijd om kleinigheden, dacht ik, details, op zich zelf onbelangrijke details.

'Hoe laat komt hij?' vroeg Geert.

'Wie?'

'Jouw tweede gast.'

Ik keek op de klok.

'Hij is laat,' zei ik.

'Weet je zeker, dat hij komt.'

Ik knikte. 'Hij zal nieuwsgierig zijn.'

'Kun je mij niet vast zeggen, wat er aan de hand is? Je doet zo geheimzinnig.'

Ik proefde zijn ongeduld en keek hem aan. Zijn houding gaf geen beeld van een zelfbewust man. Het viel mij eigenlijk tegen, dat hij zo met zich liet spelen. Ik vroeg mij af hoe ik in dezelfde situatie zou hebben gereageerd.

'Ik wacht liever tot hij erbij is.'

Hij moet het toch begrijpen, dacht ik. Hij kent mij toch. Ik voelde nog een element van onzekerheid. Er was nog iets wat ik niet in de hand had. Er waren mensen, die beschikten over die ongrijpbare attributen van eer en goede naam. Het waren de typen met de opgeheven hoofden. Men kon nooit vooruit voorzien of niet ergens in een karakter zich plotseling zo'n nobel trekje openbaarde. Ik was ze wel tegengekomen. Het waren mensen, die plotseling alle schuld aan zich trokken en hardnekkig weigerden hun medeplichtigen te noemen. Ik wilde geen eergevoel in de conventionele zin. Wat ik wilde was een wederzijds begrip en een gesloten geheim tussen drie mensen, redelijke mensen, die tegen de conventie in, de overtuiging hadden, dat hun handelen juist was.

Het overgaan van de bel onderbrak mijn overpeinzingen. Ik stond langzaam op. 'Het derde glas,' zei ik tegen Geert, die zijn innerlijke spanning in nerveuze trekjes ontlaadde. Ik liep naar de hal en deed open. In het portaal stond Van der Kerk.

'Kom binnen,' zei ik, 'er wordt op je gewacht.'

Ik stak hem een hand toe. Hij aarzelde.

'Versteegh,' vroeg hij, 'is dit een valstrik?'

De rand van zijn hoed wierp een schaduw over zijn gezicht. Ik hoorde een stem, maar kon de begeleidende gezichtsuitdrukking niet waarnemen.

'Legt men valstrikken voor zijn vrienden?' vroeg ik.

Hij antwoordde niet. Hij drukte mijn hand en stapte binnen.

'Ik heb je berichtje ontvangen,' zei hij. 'Ik was eerst niet van plan te komen. Anna raadde mij aan niet te gaan.'

'Waarom?' vroeg ik.

'Ze vertrouwt je niet.'

'En jij?'

'Ik weet niet wat ik van je denken moet. Ik ken je al een poosje. Je bent zo in de omgang wel een aardige kerel, maar ik heb altijd gehoopt je nooit als rechercheur te ontmoeten.'

Ik glimlachte.

'Het berichtje werd mij door een agent van politie gebracht.

Hoe moet ik dat opvatten Versteegh. Ontvang je mij als rechercheur?'

Ik schudde mijn hoofd. 'Neen, Van der Kerk, niet als rechercheur, maar als vriend.'

Hij scheen opgelucht, maar zijn wantrouwen was nog niet verdwenen. Hij deed nog wat schichtig en voelde zich niet op zijn gemak.

Ik ging hem voor naar de kamer. Toen hij Geert zag zitten, wierp hij een schuinse blik naar mij. 'Ik wist niet, dat je nog meer bezoek had,' zei hij.

'We zijn compleet,' antwoordde ik. 'Ga zitten.'

Ik wees hem de fauteuil naast Geert.

'Ook een cognac?'

Ik schonk hem in. Toen ik hem het glas aanreikte keek hij ernaar of het vergif was.

'Je moet je achterdocht laten varen, Van der Kerk,' zei ik scherp. 'Wij kunnen ons dat vanavond niet veroorloven.'

Van der Kerk keek naar Geert, die zich niet langer kon bedwingen. 'Wat wil je eigenlijk?' riep hij geprikkeld. 'We zijn compleet heb je gezegd. Laat ons dan niet langer wachten.'

'Je hebt gelijk Geert,' antwoordde ik. 'Maar ik sta voor een moeilijke beslissing. Twintig jaren politiedienst gaan je niet ongemerkt voorbij.' Ik zuchtte. 'Maar ik zal beginnen. Ik heb jullie ten slotte niet voor niets laten komen.'

Ik voelde nog steeds een lichte twijfel. Nu ik op het punt stond mijn besluit uit te voeren, wist ik nog niet of het juist was wat ik deed. Ik krabde eens achter in mijn nek. Mijn blik dwaalde over de glazen en bleven rusten op die twee gezichten voor mij.

'We zitten alle drie in hetzelfde complot,' zei ik. 'Ieder van ons heeft een aandeel. Ik meen jullie aandeel te kennen en het bewijs daarvan zal ik vanavond leveren. Maar mijn aandeel kennen jullie niet.'

Ik las spanning op hun gezichten.

'Men kan geen vertrouwen verwachten,' zo ging ik verder, 'wanneer men niet eerst vertrouwen schenkt. Daarom zal ik beginnen om te proberen mijn aandeel duidelijk te maken. Het is geen eenvoudige zaak, omdat ik voor mijn aandeel geen concrete bewijzen kan aandragen. Er is dan ook geen wereldse rechter, die mij voor mijn aandeel zal kunnen straffen. Toch voel ik schuld en daarom zal ik mijn aandeel ook voltooien.'

'Spreek niet in raadselen, Versteegh.'

Het was Van der Kerk, die mij onderbrak.

'Goed, ik zal duidelijker zijn. Ik dacht, dat je mij wel zou begrijpen. Bram en ik kwamen vroeger wel bij je, wanneer wij een moeilijke zaak onderhanden hadden en wij eens de mening van een niet-rechercheur wilden horen. Het werkte vaak verhelderend. Als rechercheur denkt men op den duur in een verstard patroon en het is niet eenvoudig om zich daarvan los te maken. Ik heb je objectieve kijk op mensen en situaties altijd bewonderd en je adviezen gewaardeerd. Ik herinner mij nog jouw uitgangspunt; niet de daad is belangrijk, maar het motief. Alleen uit het motief kan men een daad beoordelen. Maar het ware motief onttrekt zich vaak aan een onderzoek, omdat het alleen in de gedachten van de dader leeft, daarom bepaalt de Wet zich in hoofdzaak tot de daad. Ik was het dan ook nooit helemaal met je eens. Ik kon dat ook niet zijn. Ik handhaafde de Wet. Het motief was voor mij nooit veel meer dan een excuus voor de daad.

Zo dacht ik erover en ik zou ook zeker zonder schokken naar mijn pensioen zijn gesukkeld, wanneer een paar omstandigheden en een reeks van gebeurtenissen mij niet tot twijfel hadden gebracht; twijfel aan de juistheid van mijn instelling en twijfel aan de waarde van de door mij gehanteerde normen.

Toen wij jou het bericht van de dood van Mientje brachten, zei je, dat je Bobby met je eigen handen zou kunnen vermoorden en Geert vroeg zich af waarom je dat nog niet had gedaan. Ik vond dat toen bespottelijk en dwaas. Ik kon vooral Geert niet begrijpen. Als rechercheur waren zijn reacties volgens mij niet juist. Het was impulsief en niet doordacht. Geert reageerde nog uit zijn gevoel. Hij had nog niet de ware recherche-mentaliteit. Ik besloot die mentaliteit bij hem aan te kweken, omdat hij anders niet in staat zou zijn om zijn werk goed te verrichten. Maar, zo begon ik mij af te vragen, is die mentaliteit noodzakelijk? Kan men een volstrekt politieman zijn wanneer men denkt en handelt als mens en menselijke gevoelens laat spreken. Het weloverwogen antwoord was 'neen.'

Alleen wanneer men zijn eigen gevoelens onderdrukt en alles aanvaardt, wanneer men zich niet meer afvraagt wat recht of onrecht is, maar slechts wettelijke normen hanteert, kan men zich als politieman handhaven, zonder voortdurend in conflict te komen met zijn eigen geweten.

Maar als je alles aanvaardt, ben je een slappeling. Het zijn de woorden van Geert. Ik wilde daar toen niet aan. Ik had die ware recherche-mentaliteit. Ik was keihard. Ik was geen slappeling, dacht ik, maar een man met een vast karakter, die alles wist, die alles al eens had meegemaakt en door niets uit zijn evenwicht was te tillen. Het was een grove denkfout.

Bij al die honderden zaken, die ik in mijn leven had onderzocht en al het leed, waarin ik had gehandeld, was ik nooit persoonlijk betrokken geweest. Het was altijd buiten mij om gegaan. Ik was nooit deelgenoot geweest, alleen maar toeschouwer. Ik had mij altijd veilig gevoeld achter dat masker van onaantastbaarheid. Op den duur groeide in mij zelfs een gevoel van superioriteit. Ik achtte mij verheven boven al die mensen, die zich zo door hun gevoelens lieten leiden, dat zij niet meer verstandelijk reageerden. Ik vond dat dom, ja zelfs dierlijk, omdat ik gevoel in de abstracte zin beschouwde als een instinct. Een mens moest zich niet laten leiden door instincten, die toch niet meer waren dan rudimenten uit ons dierlijk verleden.' Ik zuchtte. 'Ja, zo dacht ik, totdat Bobby erop zinspeelde, dat hij Marjan wel eens in de prostitutie zou kunnen brengen. Geert, jij was er bij en je hebt gezien hoe ik mijn zelfbeheersing verloor en Bobby naar de keel vloog. Ik was razend en had mij zelf niet meer in de hand. Door die vage toespeling van Bobby voelde ik voor het eerst iets van de hartstocht, die een mens tot misdaad kan brengen. Maar jouw verdriet, Van der Kerk, over de dood van Mientje en je haatgevoelens ten opzichte van Bobby, kregen voor mij pas realiteit, toen ik bemerkte, dat Bobby werkelijk zijn vingers naar Marjan had uitgestrekt en geprobeerd had haar in zijn netten te strikken.'

'Marjan?' riep Geert onthutst.

'Ja Geert, Marjan. Ze heeft het mij zelf verteld. Het is hem echter niet gelukt. Marjan had voldoende weerstand. Begrijp me goed, Van der Kerk, dit is geen blaam op Mientje. We bepalen zelf niet de omstandigheden waaronder wij opgroeien. Het is ook geen blaam op jou, want je hebt gedaan wat je dacht, dat goed was. Onze verantwoordelijkheid reikt vaak verder dan ons vermogen.

Maar wanneer kunnen en mogen wij ons op onvermogen beroepen? Ik had lijdelijk toegezien toen Bobby Mientje in de prostitutie bracht. Ik had gemeend, dat dit alles zich aan mijn verantwoordelijkheid onttrok. De Wet gaf mij geen gelegenheid iets te doen, dus deed ik niets. Maar moest ik mij ook achter de Wet verschuilen, wanneer Marjan door Bobby werd belaagd. In hoeverre mocht ik op haar weerstand rekenen. Ik besloot niets te riskeren en niet langer lijdelijk toe te zien, maar te handelen. Als de Wet mij geen bevoegdheden gaf, dan zou ik zelf rechter zijn.

Een moord is een daad van een dwaas. Maar een gerechtelijke moord? Er zijn nog diverse landen, die de doodstraf kennen. Ik ben persoonlijk tegen de doodstraf; niet omdat ik mij geen daden kan voorstellen, die de dood als straf rechtvaardigen, maar omdat ons werk zo gebrekkig is. Men kan een rechercheapparaat nog zo perfectioneren, het blijft het werk van mensen. De mogelijkheid van een gerechtelijke dwaling blijft open en de dood is zo onherroepelijk. Maar voor mij had Bobby de doodstraf verdiend en de bewijzen waren afdoende.

Toen jij bij mij kwam, Van der Kerk, en het adres van Bobby vroeg, zei je: "Er bestaat toch nog wel ergens recht. Wie weet er dan nog beter dan jij, dat hij mijn kind de dood heeft ingejaagd. Is dat dan geen moord?"

Je had gelijk. Niemand wist het beter dan ik. De zelfmoord van Mientje was een moord.'

Ik zag hoe Van der Kerk heftig reageerde.

'Neen, Van der Kerk, het was geen moord in wettelijke zin. Bobby was volgens de Wet niet strafbaar. Het was een morele moord. Daarom, en om zoveel dingen meer, besloot ik tot een morele daad van rechtvaardigheid. Bobby was niet wettelijk strafbaar. Ook ik zou niet wettelijk strafbaar zijn. Door mijn opzet en plan zou ik net als hij niet binnen de strafbepalingen van de Wet vallen. Op die bewuste avond ging ik op weg om Bobby te vermoorden.'

'Jij, Versteegh?'

'Ja, ik. Ik was aangesteld om het recht te handhaven. Wel, dat wilde ik doen. Ik weet, dat het nogal pathetisch klinkt, maar op dat moment voelde ik het zo.

Mijn plan berustte op zelfverdediging. Ik zou Bobby neerschieten met mijn dienstpistool en het doen voorkomen alsof ik uit noodweer had gehandeld. Het was een simpel plan, maar perfect in zijn eenvoud. Er zouden geen getuigen zijn. Men zou later kunnen gissen naar de ware toedracht, maar men zou nooit het tegendeel van mijn beweringen kunnen leveren.'

Ik glimlachte om mijn eigen genialiteit.

'Maar,' zei ik met plotselinge stemverheffing, 'ik heb Bobby niet vermoord. Hij was al dood.'

Ik wachtte even om de reacties van mijn gasten te registreren. Ze waren gering. Van der Kerk knipperde met zijn ogen en Geert knabbelde aan zijn nagels.

Ik stond langzaam op en schonk nog eens in. De cognac klokte in de glazen. Geert en Van der Kerk keken zwijgend toe.

Ik ging weer zitten en nipte aan mijn glas.

'Toen ik bij de woning van Bobby kwam,' zo ging ik verder, 'duwde ik de buitendeur open en schuifelde de donkere gang in. De gang heeft ongeveer in het midden een kleine knik. Ik was ongeveer tot bij die knik gekomen, toen plotseling de deur van Bobby's kamer werd opengegooid en een meisje met wapperende haren naar buiten rende. Ik zag alleen haar silhouet, dat zich aftekende tegen het licht, dat uit de kamer van Bobby in de gang straalde. Ik drukte mij tegen de muur en maakte mij zo plat mogelijk. De knik beschermde mij tegen het licht uit Bobby's kamer. Het meisje schoof mij zo rakelings voorbij, dat ik de geur van haar parfum nooit meer zal vergeten. Ik begreep nog niet waarom het meisje zo in paniek was. In ieder geval kwam ze uit de kamer van Bobby. Ik liep haar na en zag, dat ze in de richting van het politiebureau rende. Toen ze uit het gezicht was, sloop ik voorzichtig weer de gang in. De deur van de kamer stond open. Ik stapte naar binnen. Mijn hand in de zak van mijn jas omklemde het koude staal van mijn pistool. Plotseling zag ik Bobby. Eén blik was voldoende om mij ervan te overtuigen, dat hij dood was. Ik begreep, dat ik weinig tijd had voor een grondig onderzoek. Op het alarm van het meisje zouden spoedig agenten komen en ik wilde niet, dat ze mij in de kamer van Bobby zouden aantreffen.

Ik keek naar het lichaam, hangend aan een koord en zag het omgevallen krukje aan zijn voeten.

Bobby was dood, daar was geen twijfel aan. Het had dus ook geen zin om het koord door te snijden. Hij was toch niet meer tot leven te brengen. Ik liet hem dan ook rustig hangen en nam de situatie in ogenschouw. Ik zag bijna onmiddellijk, dat het geen zelfmoord was. Jaren praktijk leren je op dingen letten, waaraan een ander achteloos voorbijgaat. Bobby had zichzelf niet opgehangen. Hij was opgehangen geworden.

Toen ik tot die conclusie was gekomen, verliet ik de kamer en ging weer via de gang naar buiten. Iets verderop ging ik op de gracht achter een boom staan kijken en zag twee agenten aankomen. Ze liepen in die typische politiestap en verdwenen in de donkere gang. Ik wachtte nog een minuut of tien en wandelde toen naar het politiebureau. Toen De Wilde kwam ging ik met hem mee voor het onderzoek.'

Geert zette zijn glas neer.

'Maar,' zei hij, 'De Wilde zei toch, dat het een zelfmoord was. Ik heb met hem gesproken. Hij zei, dat jij het bij het verkeerde eind had en dat je spoken zag. Er was niets, dat hem tot een andere conclusie had kunnen brengen. Alle sporen wezen in de richting van zelfmoord. Hij zei, dat hij niet begreep, waarom jij zijn theorie niet steunde. Toen jij hem vertelde, dat het volgens jou geen zelfmoord was, is hij alles nog eens nauwkeurig nagegaan. Daarna is hij naar de commissaris gestapt en heeft zijn zienswijze uiteengezet. Hij vertelde hem ook, dat jij het niet met hem eens was. Voordat de commissaris de zaak aan jou overdroeg is hij eerst met De Wilde in de kamer van Bobby gaan kijken.'

'Dat wist ik niet,' zei ik.

'Ja, maar ik wel. Pas toen de commissaris er net als De Wilde van overtuigd was, dat Bobby zelfmoord had gepleegd, heeft hij jou de zaak overgedragen. Je moet wel verdraaid zeker van je zelf zijn.'

'Dat ben ik ook,' antwoordde ik kalm.

'Zou je mij dan misschien eens willen vertellen, waarom het geen zelfmoord was?'

'Zeker Geert, dat zal ik. Wanneer iemand het plan heeft om zich op te hangen, begint hij het touw te bevestigen en voelt of dit stevig vast zit. Soms wordt de lus van tevoren gemaakt, maar dat kan natuurlijk ook na het bevestigen nog gebeuren. Tot zover heeft het toekomstige slachtoffer nog een volledige bewegingsvrijheid. Hij is nog niet aan één plek gebonden. Maar bij het voltooien van zijn plan wel en daarna, daarna kan hij aan de situatie zelf niets meer veranderen.

Toen ik Bobby vond, reikten zijn voeten tot ongeveer dertig centimeter boven de vloer. Bobby moest dus, toen hij de lus om zijn hals deed ergens op hebben gestaan. Het enige voorwerp, dat daarvoor had kunnen dienen, was het omgevallen krukje. Er stond niets anders in de buurt.

Het leek allemaal heel normaal. Ik heb ettelijke zelfmoorden door ophanging behandeld en ik moet zeggen, dat het totale beeld volkomen de indruk van zelfmoord gaf. Ik ben een oude rot in het vak en in de jaren door schade en schande wijs geworden. Ik weet hoe bedrieglijk een zelfmoord kan zijn.

Ik raapte het omgevallen krukje op en schoof het naar de voeten van Bobby. Het paste niet. Begrijp je, Geert, het paste niet. Bobby hing te hoog. Als Bobby werkelijk zelfmoord had gepleegd, dan had hij nooit op dat krukje kunnen staan.'

Ik zag hoe het gezicht van Geert betrok.

'Maar,' zei hij stotterend, 'de deur van Bobby's kamer was op slot. De Wilde heeft mij dat zelf verteld. De deur was aan de binnenzijde afgesloten. De sleutel stak nog in het slot.'

Ik glimlachte.

'Neem nog een slok cognac Geert. Het zal je goed doen.'

Ik zag, dat zijn hand, die naar het glas reikte, beefde.

'Je herinnert je misschien nog wel, dat ik in die hotelkamer, waar wij Mientje vonden, naar de sleutel van haar kamer heb gezocht. Een aan de binnenzijde afgesloten kamer is namelijk een belangrijke aanwijzing in de richting van zelfmoord. Het kan een bewijs zijn, dat het slachtoffer alleen was en niet door anderen om het leven is gebracht. De man, die de dood van Bobby het aanzien van een zelfmoord wilde geven, wist dat. Hij zon dus op een middel om de sleutel in de kamer achter te laten, terwijl de deur toch aan de binnenzijde was afgesloten. De sleutel moest bovendien op een aanneemlijke plaats zijn, bij voorbeeld aan de binnenzijde in het slot.

Ik begreep eerst niet hoe hij het had gedaan. Het heeft mij heel wat hoofdbrekens gekost om er achter te komen. Ik heb gezocht naar andere mogelijkheden om de kamer te verlaten, dan via die deur. Ze waren er niet. De deur was de enige toegangsweg. Andere wegen om de kamer in of uit te gaan bestonden er niet.

Plotseling herinnerde ik mij een oud trucje. Het was zo simpel, dat ik mij zelf verweet, dat ik er niet eerder was opgekomen. Het slot op de deur van Bobby was van een eenvoudige constructie. Het was geen cilinderslot. De sleutel had een normale kop met een oog. Wanneer men bij zo'n eenvoudig slot de sleutel draait totdat hij pakt, dus tot aan het moment, dat het mechaniek gaat bewegen, staat de kop van de sleutel bijna horizontaal. Wanneer men nu door het oog van de sleutel een stokje steekt, dat als hefboompje dient, en men bevestigt aan het eind van het stokje een stukje touw en leidt dit via de onderkant van de deur naar buiten, dan kan men door eenvoudig aan het touwtje te trekken van buitenaf de deur aan de binnenzijde op slot draaien. Omdat daarna de kop van de sleutel niet meer een horizontale stand inneemt, valt het stokje naar beneden en kan dan met het touwtje onder de kier van de deur door naar buiten worden getrokken. Zo is het ook gegaan met het slot op de deur van Bobby's kamer. Ik heb onderaan de deur nog het gleufje gevonden, dat door het schuren van het touwtje was veroorzaakt. Je ziet het. Het is maar een weet.'

Ik bracht mijn hand naar de binnenzak van mijn colbert.

'Men kan,' zei ik, 'in plaats van een stokje ook een potlood gebruiken.'

Ik nam het potlood uit mijn binnenzak en legde het op het ronde tafeltje neer.

'Het is alleen jammer,' vervolgde ik, 'dat het oog van de sleutel in het zachte hout van een potlood moeten of indrukken achterlaat, zodat men aan het potlood kan zien, dat het voor dat doel is gebruikt.'

Geert stond doodsbleek op. Het glas viel uit zijn handen.

'Zonde van de cognac,' zei ik kalm.

Hij staarde mij aan of ik een geestverschijning was.

'Het is mijn potlood,' zei hij hees.

Ik knikte.

'Het is tijd voor een bekentenis.'

IN een flitsende beweging griste Geert het potlood van het tafeltje. Zijn ogen hadden een verschrikte uitdrukking en zweetdruppeltjes vulden de rimpels op zijn voorhoofd. Hij streek met de toppen van zijn nerveus trillende vingers langs het hout om te voelen of de indrukken er inderdaad waren. Het leek alsof het potlood in zijn vingers brandde.

'Voel je het?' vroeg ik.

Hij knikte haast onmerkbaar.

Ik had medelijden met hem. Hij stond daar zo ontredderd met het potlood in zijn handen, dat mij een brok in de keel schoot. Ik kon er niets aan doen. Het gevoel overviel mij. Ik slikte een paar maal, maar dat brok in mijn keel bleef. Ik hield van die jongen. Ik hield van hem om alles wat hij nog bezat aan emotie, gevoel en hart, dat geheel aan menselijk voelen, dat in mij na al die jaren was verkild, maar waarvan ik de waarde weer was gaan beseffen. Ik zag hem nog staan tegenover De Wilde toen wij terugkwamen van ons bezoek aan Van der Kerk. 'Ik heb nog ergens een hart,' had hij geschreeuwd en De Wilde had op zijn eigen sarcastische manier geantwoord: 'Als je zo doorgaat krijg je daar nog last genoeg mee. Ik heb er meer zo gekend. Ze gingen er allemaal aan kapot.'

Ik beet op mijn onderlip. Ik had altijd al een afkeer van De Wilde gehad. Geert zou aan zijn hart niet kapot gaan. Hij zou niet ondergaan aan zijn gevoelens, die toch zuiver menselijk waren. Hij zou niet vermalen worden in de gerechtelijke machine tot dat alle gevoel in hem was gedood. En ik zou daarvoor zorgen. Geert stond nog steeds.

'Ga zitten "mun jong",' zei ik.

Ik bemerkte, dat ik ongewild dezelfde uitdrukking gebruikte, die mijn eigen vader altijd bezigde. Wanneer hij mij vroeger onder handen nam, dan zei hij altijd 'mun jong' en dan wist ik, dat hij het goed met mij meende.

Geert ging zitten. Hij scheen zich zelf weer een beetje in bedwang te hebben. Hij keek naar het potlood in zijn handen. Dan, in een traag gebaar, boog hij zich voorover en stak het mij toe.

'Je zult het nodig hebben,' zei hij.

Ik schudde mijn hoofd.

'Houd het maar,' zei ik. 'Bewaar het als aandenken.'

Ik las verwondering op zijn gezicht.

Ook Van der Kerk scheen verbaasd.

'Maar,' zei hij, 'dat potlood is toch een bewijs?'

'Ja,' zuchtte ik, 'een bewijs. Maar ik heb vanavond geen bewijzen nodig.'

Ik nam nog een slok cognac en keek Van der Kerk van over mijn glas heen aan.

'Of wil je, dat ik het als bewijs gebruik? Wil je, dat Geert met bewijzen voor de rechter wordt gebracht? Wil je dat, Van der Kerk?'

Hij boog het hoofd en zweeg.

Ik voelde bitterheid.

'Waarom heb je het Geert laten doen?' vroeg ik verwijtend.

'Waarom heb je niet gewoon de verantwoordelijkheid en de consequenties aanvaard? Waarom heb je er Geert aan opgeofferd?'

Hij keek op.

'Ja, Van der Kerk, want jíj hebt Bobby vermoord.'

De uitdrukking op zijn gezicht veranderde niet veel.

'Het was geen moord,' zei hij kalm.

Ik grijnsde.

'Noem het doodslag. Het verschil interesseert mij vanavond niet veel.'

'Ik deed het om Mientje,' zei hij.

Ik schudde mijn hoofd.

'Neen, Van der Kerk, niet om Mientje, maar om je zelf. We hebben beiden schuld aan haar dood. Jij en ik. Ik om hetgeen ik heb nagelaten, jij om hetgeen je hebt gedaan.'

'Ik heb geen schuld,' antwoordde hij heftig. 'Ik ben altijd goed voor haar geweest. Ik heb haar als kind verzorgd en vertroeteld. Ik heb haar grootgebracht. Toen ze ouder werd heb ik haar nukken verdragen. Heb ik schuld? Wat heb ik gedaan om mij schuldig te voelen?'

Ik aarzelde met mijn antwoord. Mocht ik het hem wel zeggen?

zo vroeg ik mij af. Ik had de afscheidsbrief van Mientje juist verbrand om hem het schuldgevoel te besparen. Maar dat was voor Bobby's dood. De zaak lag nu anders. Ik wilde klaarheid. Geen van ons mocht zich nog in valse illusies kunnen koesteren.

'Je hebt Mientje opgeofferd aan je eigen egoïsme,' zei ik scherp.

'Ik?' riep Van der Kerk.

'Ja,' antwoordde ik, 'jij. Herinner je je nog die jongen, met wie Mientje verkering had? Die slungel, zoals jij hem noemde. Ik heb hem opgespoord. Ik vond hem een aardige jongen. Ik vond hem helemaal geen slungel, waaruit niets kon groeien. Ik ontdekte een hard werkende jongeman, die zijn weg in het leven zeker wel zal vinden. Ik heb uren met hem gesproken. Tijdens dat gesprek is mij veel duidelijk geworden. Ik begreep plotseling waarom jij zo tegen die verkering was gekant. Niet de daad is belangrijk, maar het motief. Het zijn je eigen woorden.

Wat was jouw motief om je zo heftig tegen die verkering te verzetten?'

Van der Kerk antwoordde niet. Hij zat handenwringend voor zich uit te staren.

'Ik zal het je zeggen, wat jouw motief was. Het was egoïsme, puur egoïsme. Je vroeg je niet af of Mientje met die jongen gelukkig zou kunnen worden. Je hebt niet aan haar gedacht, maar aan je zelf. Je was bang voor de eenzaamheid. Je wilde haar niet verliezen. In je kortzichtigheid heb je haar gebeden en gesmeekt die jongen los te laten. Je hebt gespeculeerd op haar gevoelens voor jou. Je hebt erbij zitten grienen. Die jongen heeft het mij allemaal verteld. Mientje stond voor een keuze en het arme kind koos verkeerd. Ze koos jou en offerde haar jonge liefde. Je aanvaardde dat als de gewoonste zaak van de wereld. Je zag haar offer niet eens, want toen je nog geen jaar later Anna leerde kennen, nam je haar zonder gewetensbezwaar bij je in huis. Niet Bobby dreef Mientje in de prostitutie, maar jij. Bobby was alleen het middel.'

Van der Kerk staarde mij met wijd opengesperde ogen aan.

'Je bent meedogenloos, Versteegh,' zei hij.

'Ja,' zei ik verbeten. 'Ik heb twintig jaar recherche achter de rug en die gaan je niet ongemerkt voorbij.'

Ik zuchtte.

'Ik verwijt je niet de dood van Mientje, althans niet meer dan dat ik mij dat zelf verwijt. Ik verwijt je ook niet, dat je Bobby om het leven bracht. Ook ik heb de dood van Bobby gewild. Maar ik verwijt je alleen, dat je, toen het erop aankwam, de consequenties van je daad niet durfde aanvaarden en Geert betrok in een zaak, waaraan hij geen schuld had.'

'Je vergist je, Versteegh,' zei Geert kalm. 'Van der Kerk heeft mij niet in de zaak-Bobby betrokken. Jouw verwijt is ongegrond. Ik heb zelf niet gewild, dat hij zou worden gestraft. Het was mijn idee.'

'Jouw idee?' riep ik verbaasd.

'Ja, mijn idee. Van der Kerk wilde niet, dat ik het zou doen. Hij wilde, dat ik hem zou arresteren, maar dat kon ik niet. Mijn gevoel van rechtvaardigheid kwam daartegen in opstand.'

'Goed Geert, hoe is het dán gegaan?'

'Op die bewuste avond zwierf ik door de buurt. Ik was op zoek naar een getuige in een zaak, die ik onderhanden had. Op de gracht zag ik de wagen van Bobby staan en plotseling kreeg ik het idee om eens een praatje met hem te gaan maken. Ik dacht aan Marjan en de bedekte bedreigingen, die hij tegenover jou had uitgesproken. Ik had inmiddels Marjan hier in huis ontmoet en de gedachte, dat hij... Enfin, je begrijpt mij wel.

Toen ik de deur van zijn woning openduwde, zag ik, dat het licht in de gang brandde. Ik liep de gang door en klopte aan. Ik hoorde gestommel in de kamer. Toen er niet werd opengedaan, voelde ik of de deur op slot was. Ik pakte de kruk. De deur gaf mee en ik stapte naar binnen. Voor mij stond Van der Kerk. Hij zag er verwilderd uit. Er stond angst op zijn gezicht. Het haar hing voor zijn ogen en een van de revers van zijn jasje was gescheurd. Op de divan lag Bobby.

Ik was stomverbaasd. 'Wat is er gebeurd?' vroeg ik. Van der Kerk scheen totaal ontredderd. Hij herhaalde steeds dezelfde woorden. "Hij kan niet dood zijn. Hij kan niet dood zijn." Ik keek naar Bobby op de divan. Hij lag daar intens bleek en bewegingsloos. Ik bukte mij over hem heen. Hij ademde niet meer. Ik raakte een beetje in paniek. "Zeg op kerel," zei ik, "wat is er gebeurd?" Van der Kerk gaf geen antwoord. Ik schudde hem woedend door elkaar en gaf hem een klap in zijn gezicht. Van der Kerk kwam weer tot zich zelf. "Ik hield hem bij zijn keel," zei hij toonloos, "en plotseling zakte hij uit mijn handen." Ik onderzocht de hals van Bobby en zag enkele striemen. "Je hebt hem gewurgd," riep ik.'

Geert zweeg.

Ik keek naar die twee mensen voor mij. Van der Kerk staarde voor zich uit en Geert streek met zijn hand over zijn ogen.

'Ga verder,' drong ik aan.

'Het was bloedheet in het kamertje. Zo leek het mij tenminste. Ik begon kunstmatige ademhaling op Bobby toe te passen. Ik werkte mij in het zweet. Van der Kerk stond er verdwaasd bij. Na ongeveer een kwartier voelde ik, dat het geen zin meer had. Bobby was dood. Maar ik bleef stug doorgaan.

Ik weet niet meer hoe lang ik met hem bezig ben geweest. Plotseling zei Van der Kerk: "Houd maar op. Het helpt niet."

Ik liet de armen van Bobby los. Ik kon ook niet meer. Ik had geen kracht meer om verder te gaan. "Kom," zei Van der Kerk toen, "breng me maar naar het bureau."

Ik kan je niet vertellen wat een schok die woorden voor mij betekenden. Al die tijd, dat ik met Bobby was bezig geweest, had ik mij niet gerealiseerd, dat ik ook nog rechercheur was. Plotseling besefte ik de situatie waarin ik mij bevond.

Begrijp je, Versteegh, ik bezit niet jouw koelbloedigheid. Ik ben er nog niet op getraind om in alle situaties rechercheur te zijn. Ik was helemaal in de war. Voor mij stond Van der Kerk en op die divan lag Bobby. Dood.

Door mijn hoofd gingen allerlei gedachten. Ik kom uit een dorp in Groningen, eigenlijk een gehucht. Ik ben streng opgevoed met vaste ideeën over goed en kwaad. Vanuit dat gehucht ben ik zo in de stad geplaatst. Over prostitutie en souteneurschap werd thuis nooit gesproken. Ik kende de woorden niet eens. Toen ik nog jong was had iemand in ons dorp zelfmoord gepleegd. Ik herinner het mij nog goed. Het was iets verschrikkelijks en had te maken met zielenood. Het was sterk af te keuren werd er gezegd, maar iemand die het toch deed, moest wel heel erg in nood hebben verkeerd. Ik dacht aan Mientje, aan het verdriet van Van der Kerk, toen wij hem het bericht van haar dood brachten en ik dacht aan die afschuwelijke snijtafel. Ik dacht aan hetgeen jij mij over Bobby had verteld.

In die paar maanden Versteegh, dat ik nu bij de recherche ben, heb ik te veel meegemaakt. Ik bedoel, te veel om te verwerken. Ik wist het niet meer. Ik wist niet meer wat goed was of slecht. Ik hield het niet meer uit elkaar. Ik kon niet meer denken. Ik had alleen mijn gevoel en dat gevoel zei mij, dat Van der Kerk niet gestraft mocht worden. Ik heb dat niet beredeneerd. Ik heb slechts gedaan.'

Ik knikte.

'En toen kwam je dus op het idee om er een zelfmoord van te maken.'

'Ja,' zuchtte hij, 'het moest op een zelfmoord lijken. Ik had eens iets gelezen van een wurging, die met een zelfmoord door middel van ophanging was gecamoufleerd. Ik wist op welke manier dat toen was uitgekomen en die fout zou ik dus kunnen vermijden. Zonder Van der Kerk iets te vragen trok ik een koord van het gordijn en begon een strop te maken. Van der Kerk wilde mij eerst niet helpen, maar ik wist hem om te praten. Ik zei hem, dat het op een zelfmoord zou lijken en dat dan niemand erachter zou komen wat hij gedaan had.

We legden de strop om Bobby's nek en sleepten hem naar de deur van de WC. Ik sloeg het koord over de bovenkant van de half geopende deur en terwijl Van der Kerk het lichaam van Bobby aan de ene kant van de deur opduwde en steunde, hees ik hem aan de andere kant aan het koord omhoog. Toen ik meende, dat hij hoog genoeg hing, maakte ik het koord aan de klerenhaak vast. In de kamer vond ik een houten krukje. Ik duwde het om en schoof het onder de voeten van Bobby.'

'De fout,' onderbrak ik hem.

Geert knikte.

'Ik heb ook niet zoveel ervaring,' zei hij verontschuldigend.

'Beter van niet,' antwoordde ik. 'Maar ga verder.'

'Ik herinnerde mij, dat jij bij het onderzoek naar de zelfmoord van Mientje naar de sleutel van haar kamer had gezocht. Ik begreep dat de situatie uiterst duidelijk moest zijn, wilde men aan zelfmoord geloven. Daarom kwam ik op het idee van het afsluiten van de kamer door middel van het trucje.'

'Het was je ook bijna gelukt,' zei ik. 'De Wilde gelooft nog steeds dat het een zelfmoord is.'

Geert glimlachte flauwtjes.

'Ik wist toch niet, dat jij je ermee zou gaan bemoeien.'

'Dat was toeval. Dat weet je.'

Geert knikte peinzend.

'Bobby had die avond over belangstelling niet te klagen,' zei hij. 'Als Van der Kerk hem niet van kant had gemaakt, dan had jij het gedaan.'

'Ja Geert, ik was het echt van plan.'

Hij nam het potlood weer in zijn handen en speelde er mee.

'Eén ding is mij nog niet duidelijk,' zei hij. 'Hoe kwam je ertoe om mij te verdenken?'

'De schakelaar,' zei ik.

Geert keek mij niet begrijpend aan.

'De schakelaar?' zei hij. 'Wat heeft een schakelaar ermee te maken?'

'Je was ook nog niet uitverteld. Wat hebben jullie gedaan, nadat jij die deur op zo'n ingenieuze wijze had gesloten?'

Geert haalde zijn schouders op.

'We hebben niets meer gedaan. We zijn gewoon weggegaan.'

'Neen, Geert, na het sluiten van de deur heb je nog iets gedaan, waardoor ik op het idee kwam, dat jij er iets mee te maken had. Als je het vergeten bent, dan zal ik het je vertellen. Toen je de deur achter je dicht had, bemerkte je dat het licht in de gang nog brandde.'

'Je hebt gelijk,' antwoordde Geert. 'Ik vroeg aan Van der Kerk hoe de situatie was toen hij kwam, dus voordat hij Bobby had gedood. In de kamer hadden wij alles al teruggebracht in de oorspronkelijke toestand. De sporen van de worsteling tussen Bobby en Van der Kerk hadden wij verwijderd. Toen wij in de gang waren en de deur al dicht was, zei Van der Kerk, dat bij zijn komst het licht in de gang niet brandde.'

'Ja,' viel Van der Kerk bij, 'dat was zo. Kijk, ik was naar Bobby toe gegaan om met hem te praten. Ik had helemaal niet het plan om hem te vermoorden. Ik wilde alleen maar met hem praten over Mientje. Zo maar, een beetje praten. Hij had Mientje toch gekend.

Ik had een paar zware dagen achter de rug, maar ik voelde geen haat meer. Ik geloof ook niet in een rechtvaardige wraak, zoals jij. Ik dacht, dat Bobby mij misschien nog wat kon vertellen over Mientje, dat ik nog niet wist. Maar Bobby wilde mij niet ontvangen. 'Eruit,' zei hij. Hij hield de deur voor mij open en ontstak het licht in de gang. Hij gebruikte daarvoor een schakelaar, die in zijn kamer aan de deurstijl zat. Ik wist niet wat ik Bobby zeggen moest om hem duidelijk te maken, waarvoor ik kwam. Ik stond daar maar wat te schutteren. Bobby stond voor mij en had de kruk van de deur in zijn hand. Plotseling zei hij: "Och vent, sta toch niet zo te bazelen, ze was toch maar een rothoer." Toen Versteegh, toen ben ik hem naar zijn keel gevlogen. Alles wat ik nog aan kracht in mij had, vloeide naar mijn handen. Mijn plotselinge aanval moet hem totaal hebben verrast. Hij heeft ook maar weinig tegenstand geboden.'

Van der Kerk borg zijn gezicht in zijn handen.

'Het was verschrikkelijk,' mompelde hij.

Geert en ik keken zwijgend toe. Ik was een moment bang, dat hij weer in tranen zou uitbarsten, maar hij beheerste zich.

Toen hij zich weer voldoende had hersteld, zei ik tegen Geert: 'Dus het licht in de gang brandde.'

'Ja,' antwoordde Geert. 'Toen Van der Kerk mij vertelde, dat het licht in de gang bij zijn komst niet brandde, had ik de deur al dicht. Ik kon dus niet meer dezelfde schakelaar gebruiken om het uit te doen. Plotseling herinnerde ik mij, dat er nóg een schakelaar was, namelijk de schakelaar bij de buitendeur. Ik heb toen met die schakelaar het licht in de gang uitgedaan.'

'Dat wist ik,' zei ik kalm.

'Wist je dat?'

Ik knikte.

'Ik kende namelijk de schakeling van het licht in de gang. Ik was er eens bij toeval achtergekomen. De man, die het licht heeft aangelegd, moet een slecht vakman zijn geweest. Ik heb mij dat eens door een elektricien laten uitleggen. De schakeling in de gang had een zogenaamde hotelschakeling moeten zijn. Dan had men de beide schakelaars onafhankelijk van elkaar kunnen gebruiken. Dat was nu niet het geval. De schakelaars waren verkeerd aangesloten.

Ze waren parallel geschakeld. Dat betekent, dat men de ene schakelaar slechts kon gebruiken, wanneer de andere stond ingeschakeld.'

'Hoe bedoel je?'

'Kijk, Geert, Bobby wist hoe de schakeling van het licht in elkaar zat. Daarom zorgde hij er altijd voor, dat hij die schakelaar kon gebruiken, die hij nodig had. Ik zal het je proberen uit te leggen. De stroomtoevoer kon door beide schakelaars worden onderbroken. Alleen wanneer beide schakelaars stonden ingeschakeld, ging het licht branden.

Wanneer Bobby niet thuis was, stond de schakelaar in zijn kamer *in* en de schakelaar bij de buitendeur *uit*; kwam hij thuis, dan draaide hij de schakelaar bij de buitendeur op *in* en het licht in de gang ging branden, omdat dan beide schakelaars *in* stonden. Wanneer hij eenmaal in zijn kamer was, deed hij het licht weer uit door de schakelaar in zijn kamer te gebruiken.

Wanneer ik wilde weten of Bobby thuis was, dan keek ik of zijn wagen op de gracht stond. Maar ik had ook nog een tweede controle. Ik probeerde eenvoudig de schakelaar bij de buitendeur. Ging het licht in de gang branden, dan was hij uit; ging het niet branden, dan was hij thuis. Het was heel simpel.

Toen ik die bewuste avond met De Wilde een onderzoek instelde, bemerkte ik, dat de schakelaar bij de buitendeur *uit* stond en dat, terwijl Bobby in zijn eigen kamer aan een koord bengelde. Dat klopte niet. Iemand moest de schakelaar aan de buitendeur hebben gebruikt. Die schakelaar was niet zo gemakkelijk te vinden. Men moest wel weten waar hij zat. En jij Geert, jij wist dat. Ik had hem je zelf aangewezen.'

'Zo,' zei Geert, 'dus daarom kwam jij op de gedachte, dat ik het was geweest.'

Ik knikte.

'Maar,' zei hij, 'hoe wist je dat Van der Kerk erbij was betrokken.'

Ik stak een sigaret op en inhaleerde diep.

'Dat wist ik niet. Ik bedoel, ik had er geen bewijzen voor. Ik begréép alleen, dat hij het was geweest. Kijk, Geert, Bobby Brakel was een betrekkelijk zware man. Ik schatte zijn gewicht toch zeker op negentig kilo. Het was bijna ondoenlijk voor één man om zo'n zwaar lichaam aan een koord op te hijsen. Ik heb de indrukken van het koord aan de bovenkant van de wc-deur bekeken. Het koord had niet diep in het hout gesneden. Wanneer jij het lichaam alleen had opgehesen, zonder dat iemand het aan de andere zijde had gesteund en opgeduwd, dan zouden de indrukken in het hout veel dieper zijn geweest. Iemand had je dus geholpen. Wie? Gezien de achtergronden van deze zaak kon dat alleen maar Van der Kerk zijn geweest.'

Geert zuchtte.

'Ik heb aan al die dingen niet gedacht,' zei hij. 'Ik ben toch eigenlijk maar een beginneling in ons vak. Zoveel fouten.'

Ik glimlachte.

'Je bent er ook niet voor om misdaden te begaan, maar om ze op te lossen.'

'Ik geloof,' zuchtte Geert, 'dat ik voor beide ongeschikt ben.'

'Ja,' zei ik, 'het is ook maar beter, dat je ontslag neemt.'

Van der Kerk stond plotseling op en ging achter zijn fauteuil staan. Zijn handen rustten op de rugleuning.

'Wat praat je toch over ontslag,' zei hij fel. 'Geert gaat net als ik de gevangenis in. Hij hoeft zijn ontslag niet meer te nemen. Hij zal het wel krijgen.'

Het was alsof Geert plotseling tot de werkelijkheid werd teruggeroepen. Ik zag hoe zijn gezicht weer die verschrikte uitdrukking kreeg.

'Ge-vangenis?' zei hij.

Hij keek mij aan. Zijn blauwe ogen stonden star. Rond zijn jukbeenderen speelden nerveuze trillingen.

'Zo is het toch!' riep Van der Kerk. 'Je hebt weer eens een glorieuze overwinning behaald. Je hebt weer eens een prachtig staaltje van je scherpzinnigheid ten beste gegeven. Hoelang duurt het nog voor je een wagen belt om ons naar het politiebureau te laten brengen. Of wil je lang van je overwinning genieten?'

Het sarcasme in de woorden van Van der Kerk trof mij voor het eerst van mijn leven. Men had wel vaker in dezelfde trant tegen mij gesproken, maar het had mij nooit iets gedaan. Nu was het alsof die woorden mij geselden. Ik voelde een vreemde pijn.

'Ik bel geen wagen,' zei ik. 'Dit is mijn laatste zaak.'

'Wat bedoel je?'

'Ik neem ontslag bij de recherche.'

Ik zag hoe ze mij beiden verwonderd aankeken.

'Als ik op jullie geheimhouding kan rekenen, dan zal nooit iemand weten, wat er zich op die bewuste avond in de kamer van Bobby heeft afgespeeld.'

'Maar je onderzoek dan?' riep Geert. 'Je zult toch rapport moeten uitbrengen.'

'Laat dat maar aan mij over. Ik heb in het begin van de avond gezegd, dat ik mijn aandeel nog zou voltooien. Wel, dat zal ik doen. Ik neem aan, dat jullie mij vertrouwen.'

Ik keek op de klok.

'Het is al laat,' zei ik. 'Marjan en mijn vrouw kunnen zo thuiskomen en het is beter Van der Kerk, dat jij voor die tijd verdwijnt. Ga naar huis. Ga naar Anna en vergeet de hele geschiedenis.'

Ik bracht hem naar de hal en hielp hem bij het aantrekken van zijn jas. Bij de deur draaide hij zich nog eens om. Hij keek mij onderzoekend aan.

'Weet je het zeker?' vroeg hij. 'Je hield zo van je beroep.'

Ik legde mijn hand op zijn schouder en glimlachte zwakjes.

'Ik weet wat ik doe, Van der Kerk. Het is mijn manier van boete doen.'

Ik stond tegenover de commissaris. Een waterig zonnetje speelde in de glazen presse-papier op zijn bureau en toverde kleurtjes op een dor proces-verbaal.

'Mooi, Versteegh,' zei hij, 'je bent dus tot het inzicht gekomen, dat de dood van Bobby toch het gevolg was van een zelfmoord. Zo is het toch?'

Ik knikte.

'Mooi,' zei hij, 'dan zal ik De Wilde even roepen.'

Hij greep de telefoon.

Even later kwam De Wilde de kamer in.

'Versteegh,' zo zei de commissaris, 'heeft mij zojuist gerapporteerd, dat ook hij tot de conclusie is gekomen, dat Bobby Brakel zelfmoord heeft gepleegd.'

Op het gezicht van De Wilde verscheen een verwaande grijns.

'Ik vond het gepast om je dat in bijzijn van Versteegh te vertellen.'

De Wilde knikte voldaan.

'Mooi,' zei de commissaris, 'dan is hiermee de zaak-Bobby afgedaan. Jullie kunt gaan.'

We lieten de commissaris alleen.

In de gang legde De Wilde vertrouwelijk een hand op mijn schouder.

'Dat was geen beste beurt, Versteegh.'

'Neen,' zei ik, 'dat was geen beste beurt.'

'Trek het je niet aan,' grijnsde hij. 'Zelfs een oude rot kan zich vergissen.'

Ik keek naar zijn gerimpeld gelaat en zijn in de dienst vergrijsde haren.

'Je hebt gelijk,' zei ik. 'Zelfs een oude rot kan zich vergissen.'

En zo was het.

(44)

BAANTJER

De Cock en het roodzijden nachthemd

Een vrouw stuurt vanuit een ziekenhuis een ongewone brief aan rechercheur De Cock (met cee-oo-cee-ka). Hij besluit op haar uitnodiging in te gaan en neemt zijn rechterhand Vledder mee.
In het ziekenhuis worden zij op een onverwachte en onaangename wijze verrast. Een man met een grote snor is hen voor geweest: de vrouw is dood.
Dit incident leidt tot een op het eerste gezicht onontwarbare kluwen van misdaden, waarbij dode vrouwen in roodzijden nachthemden op een macabere wijze worden aangetroffen. Voor de twee rechercheurs een zaak die onoplosbaar lijkt.

45

BAANTJER

De Cock en moord bij maanlicht

In Amsterdam vestigt zich, in een pand van een voormalige drukkerij, de sekte *De Zoekers van Osiris*. Niet lang daarna wordt op de Kalkmarkt een psychiater geliquideerd. De sekte en de moord lijken met elkaar te maken te hebben. Althans, rechercheur De Cock (met ceeooceekaa) en zijn assistent Vledder worden in die denkrichting geduwd. Zéér tegen de wens van De Cock in, wordt de BVD (Binnenlandse Veiligheids Dienst) bij de zaak van de psychiater betrokken. Waarom? De psychiater had ministers onder zijn patiënten...
Het wordt een ingewikkelde kwestie, die Vledder doet opmerken: 'Waarom raken wij altijd in van die bizarre zaken verwikkeld?'

De volgende boeken van Baantjer zijn bij de Fontein verschenen:

1 1963 De Cock en een strop voor Bobby
2 1965 De Cock en de wurger op zondag
3 1965 De Cock en het lijk in de kerstnacht
4 1967 De Cock en de moord op Anna Bentveld
5 1967 De Cock en het sombere naakt
6 1968 De Cock en de dode harlekijn
7 1969 De Cock en de treurende kater
8 1970 De Cock en de ontgoochelde dode
9 1971 De Cock en de zorgvuldige moordenaar
10 1972 De Cock en de romance in moord
11 1972 De Cock en de stervende wandelaar
12 1973 De Cock en het lijk aan de kerkmuur
13 1974 De Cock en de dansende dood
14 1978 De Cock en de naakte juffer
15 1979 De Cock en de broeders van de zachte dood
16 1980 De Cock en het dodelijk akkoord
17 1981 De Cock en de moord in seance
18 1982 De Cock en de moord in extase
19 1982 De Cock en de smekende dood
20 1983 De Cock en de ganzen van de dood
21 1983 De Cock en de moord op melodie
22 1984 De Cock en de dood van een clown
23 1984 De Cock en een variant op moord
24 1985 De Cock en moord op termijn
25 1985 De Cock en moord op de Bloedberg
26 1986 De Cock en de dode minnaars
27 1987 De Cock en het masker van de dood
28 1987 De Cock en het lijk op retour
29 1988 De Cock en moord in brons
30 1988 De Cock en een dodelijke dreiging
31 1989 De Cock en moord eerste klasse
32 1989 De Cock en de bloedwraak
33 1990 De Cock en moord à la carte
34 1990 De Cock en moord in beeld
35 1991 De Cock en danse macabre
36 1992 De Cock en een duivels komplot
37 1992 De Cock en de ontluisterende dood
38 1992 De Cock en het duel in de nacht
39 1993 De Cock en de dood van een profeet
40 1993 De Cock en kogels voor een bruid
41 1994 De Cock en de dode meesters
42 1994 De Cock en de sluimerende dood
43 1995 De Cock en 't wassend kwaad
44 1995 De Cock en het roodzijden nachthemd
45 1996 De Cock en moord bij maanlicht
46 1996 De Cock en de geur van rottend hout
47 1997 De Cock en een dodelijk rendez-vous
48 1997 De Cock en tranen aan de Leie
49 1998 De Cock en het lijk op drift
50 1998 De Cock en de onsterfelijke dood
51 1999 De Cock en de dood in antiek
52 1999 De Cock en een deal met de duivel
53 2000 De Cock en dood door hamerslag

Andere titels van Baantjer:
Rechercheur Versteegh en de dertien katten
Misdaad in het verleden
Een Amsterdamse rechercheur
Rechercheur Baantjer van Bureau Warmoesstraat vertelt, deel 1 t/m 10

Verkrijgbaar bij de boekhandel